ひつじ研究叢書〈文学編〉2

中世王朝物語の引用と話型

ひつじ研究叢書〈文学編〉

第一巻　江戸和学論考　鈴木淳著

第二巻　中世王朝物語の引用と話型　中島泰貴著

ひつじ書房

ひつじ研究叢書〈文学編〉2

中世王朝物語の引用と話型

中島泰貴

はじめに

　中世王朝物語とは、思えば何とも奇妙な名称である。この術語が、平安末期以降に成立した王朝風物語群の総称として用いられるようになったのは、ごく近年のことでしかない。かつては擬古物語、あるいは鎌倉時代物語などとも称されてきたが、いずれも定着せず現在に至っている。従って、中世王朝物語という呼び方も一時的な呼称に過ぎないのかもしれないが、本書では積極的にこの名称を採用した。「王朝」というオリジナルにひれ伏すのでも、「中世」の模造品であることを卑下するのでもない、すぐれて能動的な「古典享受」の位相を、中世王朝物語という呼称で表し得ると考えたからに他ならない。

　中世という時代に、年代のはるか隔たった王朝風の物語を作る営みとは、例えて言うならば現代の時代劇や時代小説、しかも「本格」的な「正しい」

それではなく、時代考証も怪しい勧善懲悪娯楽テレビ時代劇を作るようなものであったろう。従って、そこに再現された「王朝」とは、あくまで想像上の理想化された「王朝」である。しかし、現代人の「歴史」観が、荒唐無稽な「怪しい」時代劇によってこそ養われている事実、そしてこの「怪しさ」が疑うべくもなく、今の私たちに求められているのだという点を忘れるべきではない。歴史とは物語の中でこそ繰り返し再生する。そして、このような「古典享受」こそが、古典を活性化し、古典をその時代その時代の現在へと「再生」させる重大な原動力なのである。

『鎌倉時代物語集成』と『中世王朝物語全集』（ともに笠間書院）の刊行により、これらの物語は現在容易に読むことができる。また、その概要を知りたければ、『中世王朝物語を学ぶ人のために』（世界思想社）や『中世王朝物語・御伽草子事典』（勉誠社）を手にとってみるのがよいだろう。研究論文も増え、中世王朝物語研究の現状はそれなりの活況を呈しているといえる。

この活況の成果を全て生かしうるほどの広い視野を、小著は残念ながら到底持ち得ない。繰り返し繰り返し語られる、恋を諦めて山に籠もる男と、男と別れてこの世の栄華を極める女の物語。一見単調ではかなげなこの世界に潜む欲望の姿について、些少なりとも明らかにしたいというのが、現代に生きる筆者の欲望である。多くの叱正をいただくことになると思うが、それでも、読まれ書かれ延々と続く物語の営みを考えるための、数多くの視点の一つとして、受け止めて下さる方が一人でもあれば幸いである。

なお、本書は独立行政法人日本学術振興会平成二十一年度科学研究費補助金（研究成果公開促進費）の交付を受けての出版である。

ひつじ研究叢書〈文学編〉2

中世王朝物語の引用と話型

目次

❁凡例

一、散文作品（『隆房集』『風葉集』を含む）の引用は、以下のものに拠り、必要に応じて初出ページ数を示した。

①中世王朝物語

『海人の刈藻』・『しのびね』・『葎の宿』…『中世王朝物語全集』（笠間書院）

『石清水物語』…『鎌倉時代物語集成』（笠間書院）。なお、明らかに誤写と思われる箇所については、桑原博史『中世物語の基礎的研究―資料と史的考察―』（風間書房、昭和44年）を参照して校訂した。

②それ以外

『伊勢物語』・『大和物語』…『日本古典文学全集』（小学館）

『うたたね』・『古本説話集』…『新日本古典文学大系』（岩波書店）

『今鏡』…『今鏡全釈』（パルトス社）

『宇津保物語』…『宇津保物語　全』（おうふう）

『源氏物語』…『完訳日本の古典』（小学館）

『隆房集』…『中世の文学　今物語・隆房集・東斎随筆』（三弥井書店）

『なよ竹物語』…『古今著聞集　新潮日本古典集成』

『風葉集』…『王朝物語秀歌選（上・下）』（岩波文庫）

『無名草子』…『新潮日本古典集成』（新潮社）

二、和歌の引用は、とくに断らない限り、『新編国歌大観』（角川書店）全十巻により、歌番号を記した。

三、引用に際して、表記等、一部私に改めたところがある。

四、傍線・付点等はすべて引用者による。

序章　中世王朝物語における引用と話型

一　本研究の立場

本書は中世王朝物語とその周辺作品を対象にした、中世的な話型と王朝物語の引用との関連性についての研究である。本書において話型という語は、「二つ以上（なるべく多く）の話に通じあって内在する（と受け止められる）骨組み、あるいは仕組み」[1]と説明される最も単純な定義に従って用いており、「個人的な営為としての文学行為に内在している普遍的な話の型」[2]と説明されるような、歴史的地域的に普遍性を持つ概念としての話型を意味していない。神話や伝承などを視野に入れながら、異郷訪問譚、貴種流離譚、入水譚、継子譚など様々な種類の話型を、物語の中から抽出し分類する試みは既に数多いが、本書が論述の対象とする中世的な話型とは、従来の研究史の中で「悲恋遁世譚」、あるいは「しのびね型」と一般に称されてきた話型のみを指す。「しのびね型」の典型的な枠組みを仮に示せば、相思相愛と思われる男女が、様々な障害によって別れ、男は出家遁世、女は入内し栄華を極める、となる。勿論、このような意味での話型とは、あくまで作業仮説として措定されるものであって、その作業の外に存在する客観的な実体を何ら意味しない。また、本書ではあくまで、「しのびね型」という話型が、普遍性ではなく歴史性を持っていることを論述の根本的な前提としている。従って、王朝物語の引用についての問題関心の多くも、前代からの連続性にではなく、断絶にこそ向けられている。本書における、話型と引用の関係について、研究史との関わりの中で説明しておきたい。

二　研究史上の位置づけ

中世王朝物語が「擬古物語」と称されていた時代、その先駆的な研究者の一人であった市古貞次氏は、

その内容は趣向に勿論多少の相違はあっても、公家の恋愛の種々相をあく事なく、冗長な筆を以て描いており、文字通り擬古物語と称すべきものである。（中略）総じて鎌倉時代のこのような擬古物語に著しいのは、前代物語の模倣であった。擬古は形式・文体にとどまらず、その内容・趣向にまで及んでいるのであった。(3)

と、物語史における極めて低い評価と位置づけを、中世王朝物語に与えている。かつて、王朝物語と中世王朝物語との関わりを問う要の評語は「模倣」であった。それは、中世王朝物語を対象とする本格的な作品論の第一人者である今井源衛氏が、その営みをやはり「日一日と落ちぶれてゆく公家や女房たちの、いわばしがない自慰の手段(4)」とまで酷評したように、中世の物語作者たちの創造力の枯渇や限界を示す指標でもあったのである。

平安朝に書かれた物語に比して、著しく研究の遅れていた感のある中世王朝物語研究は、平成に入って以降、その代表的善本を翻刻集成した『鎌倉時代物語集成』全七巻、(5)さらには簡略な注と現代語訳を備えた『中世王朝物語全集』全二十二巻、(6)また事典・入門書の類も続々と刊行されるに及び、その作品研究のための基盤が急速に整いつつある。(7)このような趨勢の中、王朝物語と中世王朝物語との関わりをめぐる議論の枠組みにも、(8)大きな変化が生じるようになった。(9)両者を、圧倒的な前者の光輝の中に後者の姿が完全に隠れてしまうような一方的な関係としてではなく、その差異をこそ重視し、王朝物語とは異なる中世王朝物語の独創性や可能性を積極的に評価していこうとする、「引用論」の時代が到来したのである。

引用といい話型といい、現代の物語研究においては、作品が意味を生成する過程における「読み」の問題として、もっぱら議論されている。一九八〇年代の構造主義理論の導入以降、物語を「作者」の意図によって統御される完結した作品としてとらえるのではなく「読者」の読書行為によって始めて意味が生成する、様々な先行作品の「引用の織物」としてのテクストととらえる考え方が物語研究において一般化していった。従来の「引歌」「引詩」「物語取」などについての研究も、狭義の出典影響関係にとどまらない、引用されるものと引用するものとの間に生み出される意味をこそ重視する「引用論」の中に吸収され現在に至る。こうした研究動向に歩調を合わせるように、物語を産出する普遍的な雛形として扱われてきた話型という概念もまた、テクストの意味を生成する重要な要素の一つとして位置づけ直される。物語のテクスト分析を強力に推進した一人である高橋亨氏は、物語の表現の文法則の一つとして、「伝承の話型と先行作品の引用」を挙げ、『源氏物語』「夕顔」巻を対象に、三輪山神婚譚をはじめとする様々な神話伝承に基づく話型と物語とが、複雑に重層し意味を生成する構造を具体的に論じてみせた。[10] 高橋氏によれば、話型とは「物語文学の構成力を支える語りの文法の型であり、神話を原型とする物語文学の精神が異郷と現世との差別を思い知るところから発生したことを示し、その世界観や主題によって変換されていく」ものとなる。いわば、原初的な話型と「世界観や主題によって変換され[11]」た話型との二段構えの議論であり、このような「引用」と「話型」に対するテクスト論的な了解を踏まえることによって、単なる源泉影響関係の指摘にとどまらない、話型と先行作品からの偏差としての「主題や世界観」が、個々の作品に即して論じられるようになっていったのである。

「引用」研究は、何よりも『源氏物語』などの王朝物語を中心に議論発展してきたわけだが、かつて王朝物語の亜流として位置づけられ「擬古」物語と称されていた作品群が、近年になって「中世王朝」物語と称されるようになった背景には、「引用」という営為を積極的に評価していこうとする、研究者集団の了解の変化があるだろう。中世王朝物語にとって、『源氏』をはじめとする王朝盛時の物語引用とは、その作品世界を成り立たせる根本的な原理、あるいは方法論であるからだ。中世王朝物語に対する、独創性に欠けた「模倣」の集積というかつての低い評価は、引用の宝庫としての高い評価にさえ変わりうるのである。

本書では、テクスト論が物語研究にもたらした功罪について言及するつもりはないが、引用論的なアプローチが、「作者」「作品」にこだわる、一見テクスト論とは無縁な論者によっても受け入れられていることだけは指摘しておきたい。例えば、現在の中世王朝物語研究の第一人者である三角洋一氏は、『石清水物語』の話型と表現について論じる中で、

『石清水』の作者はプロットを組み合わせ、一々の場面を具体的に書き込んでいく際に、かならずといってよいほど典拠を求め、先蹤となし得る事例を思い浮かべては、これに重ね合わせて描き出す方法をとっているというだけでなく、読者に対しても、重ね合わせの手法を読み取ったうえで場面鑑賞をしていくよう要求しているということである。（中略）読者の読みも、まず作者の創作過程を追体験するところから出発しなければならないと思われるのである。(12)

と述べるが、「作者」という用語を使用しつつも、「重ね合わせ」の効果を読み取る主体としての「読者」という要素を分析概念に組み込んでいる点で、テクスト論以降の議論に極めて近似していることがわかる。このような「重ね合わせ」の効果と手法を、豊島秀範氏は〈オーバーラップ効果〉〈ズラシの手法〉と名付け(13)、引用するものと引用されるものとの間に必然的に生じる微細な差異の中に、中世王朝物語の達成と独自性とを読み取ろうとする。基本

的なテキストの全てが提供され、辻本裕成氏による、『源氏物語』と中世王朝物語との類似箇所を網羅一覧した業績[14]などもある現在、以上のような研究手法はますます一般化していくものと考える。

中世的な話型の成立についても、王朝物語の引用、解体による変容という視点からそれを位置づける分析は多い。しかし、「先行の物語の型をとりこみながら、おのおのの作品の独自性としてのずれを創意工夫し、流動し変化させていく過程の中から、また新たな「話型」が探り出されてくる」[15]と説明されるような、表現の引用をめぐるずらしずらされる関係を、話型の通時的な受容と創出の関係として捉え直す議論には問題がありすぎる。例えば、先行する話型Aの表現設定を、後発の話型Bが引用していることを認定したとしても、話型Bが話型Aから直接に変化成長していることの証明とはならない。全く別の経路で発生した話型Bが、話型Aを偶然か、あるいはよく似ているからこそ引用してしまったという可能性を否定できないからだ。従って、中世的な話型を、前代の物語やその「話型」からの引用・解体という視点から位置づけるような類の論は、変化についての説明ではなく、単に話型が時を経て変化した、変化しているという見かけの現象の記述にすぎない場合が多い。具体的には、その物語始発時の状況設定等の類似から、「しのびね型」との関連性がしばしば言及されてきた、『源氏物語』の夕顔や浮舟に代表される「はかなげな女君の悲恋の物語」にしても、女君のたどる後半生の差異のみが、「しのびね型」の王朝物語とは違う独自性として特立されることとなりがちである。[16] しかし、表現のレベルでこの二つの話型、より正しくは話型を備えた物語を、引用関係として認定することと、それを話型レベルでの受容と創出の関係として認定することとは、本来ならば議論の位相が全く異なる問題だろう。話型という枠組みの発生そのものを問うのは極めて困難に違いないのである。[17]

三　本研究の意義と目論見

本書では、「しのびね型」という話型と、『伊勢物語』の二条后章段を源流とする臣下と后との密通譚、さらには零落した女が救出されるまでを描く、『住吉物語』などに代表される女の流離譚との関わりを様々な位相で論じるが、その関わりはあくまで共時的なものであり、通時的な源泉影響関係ではない。また、共時的な関係と述べたが、それはテクスト論的な立場による、意味生成の場としての相互関連も意味していない。本書において話型という概念は、むしろ物語の意味が収束していく地点、あるいは意味の氾濫を統御する力のようなものとして位置づけている。

勿論、既述したように話型とは作業仮説であり、実体ではない。また、「しのびね型」に引用される物語が、その力によって求心的に全ての意味が限定されてしまうことなどはあり得ないし、そのような主張をしたいわけでもない。しかし、全ての物語には独自の意味が産出される機構があるというような議論、つまり個々の作品の達成を差異として計るような類の作品論は、その内に差異を全く含み持たない物語という存在を想定しがたい以上、それは全ての読書行為にまつわる当然の前提を確認しているにすぎない。あらゆる作品は、ありふれて個性的である。問題は、作品享受における自由な読者という前提である。

既存の物語を引用し、新たな物語を生成する営為とは、実は作品享受の問題を抜きにしては到底考えられない。作者とは常に読者である。しかしその一方で、孤独で自由な読者が、次の新たな作者へと生まれ変わるという、時間的な継起関係による成長プロセスのようなものを仮定するのも議論が単純すぎる。作者と読者は本質的に分かちがたいと考えるべきであろう。物語を書くことは、「物語」を読むことを常に伴う。では、その時読まれている「物語」とは、一体何なのか。この「物語」を、仮に「世界観」と称しておきたい。類型的な物語群の存在は、均質な読者＝作者集団の存在を想定させるに足りる。「王朝」との類似性を読み取るにせよ、あるいは差異を読み取るにせよ、個々の作品の個別的な達成として捉えるだけではなく、この享受者集団が共有する世界観の問題としても考えるべきである。

従って、本研究が問題としたいのは、「しのびね型」という話型の持つ類型性そのものである。王朝を仮構しつつも王朝にはなりえない、「しのびね型」という奇妙に類型的な話型の枠組み自体を、言い換えるならば、この話型を生み出した時代の物語享受圏がある程度は自覚的に、しかしかなりの程度は無自覚に依拠しているであろう、その世界観について問題としたいのである。何故、原理的にはどのようにでも利用されうる筈の引用された物語が、男主人公の絶望と引き替えに獲得される女君の栄華という「話型」として抽出しうるような典型的枠組みを持つ物語の中に繰り返し現れるのか。本書の主たる関心は、この問いかけそのものにあると言っても過言ではない。そして、その問いかけの為に、「しのびね型」という話型を、引用される物語と共時的な関係に立つ、一つの構造として仮設したいのである。

王朝物語の設定や措辞は、意識的であるか無意識的であるかを問わず、「しのびね型」という話型を支える世界観の下に利用、あるいは処理されている。王朝物語を支えていた価値観や世界観が継続して、中世王朝物語の作者や読者を縛り続けていた筈もないからである。「しのびね型」に物語が引用される際の、その解釈の方向性や力学を明らかにすることによって、いわば物語を消費する作法のようなものの存在を垣間見ることができれば幸いである。

四　本書の構成

本書の構成は以下の通りである。

第一章では、平安末期の歌人である藤原隆房の『隆房集』と、中世王朝物語群との比較対照を通じて、物語文学史におけるその位相を考察する。『隆房集』に描かれる悲恋は、『伊勢物語』の「二条后章段」を踏まえて展開していると思われる。その詞書の中には、『しのびね』『石清水物語』『海人の刈藻』などの「しのびね型」物語との、直接的な表現・語句の類似が様々に指摘できる。また、「しのびね型」物語における『伊勢』引用の殆どが、『隆房集』中でなされた範囲のものに限定されており、のみならずその引用姿勢においても顕著な類似を見せていることを明らかにする。

第二章では、『葎の宿』を対象に、その題号をめぐる諸問題について考察する。「葎の宿」という語句を歌語として理解することの妥当性、さらにはその共有されていたイメージについて論究することで、『葎の宿』という物語の「しのびね型」としての側面を明らかにする。

第三章では、前章までの試みとは異なり、『しのびね』と『葎の宿』とを対象に、「しのびね型」物語における帝とその後宮を中心とした人間関係を具体的に分析する。そのことによって、摂関政治的であって決して摂関政治そのものではない、帝と臣下との独特の関わりを明らかにし、その人間関係の基底にある「しのびね型」という話型を成立させている世界観、あるいは文法の抽出を目指す。

第四章では、『石清水物語』を対象に、『伊勢』引用と「しのびね型」の形成との密接な関連性について考察する。この物語の特徴は、物語を引用し解釈するという行為そのものが、物語内に明示的に語られている点にある。心情の共有を前提とした男たちによって、王朝の物語が消費され、「しのびね型」という新たな「物語」が形成される構造を明らかにする。

第五章では、『海人の刈藻』を対象に、その人間的葛藤が全て回避された奇妙に秩序だった世界観について、この物語の引用と話型の特質に注目して考察する。この物語において、引用された物語は、葛藤に満ちたその後の物語展開を強く読者に暗示させつつも、その可能性を回避し閉ざす。その暗示と回避の反復こそが、一種独特の不安感を物語中の登場人物と読者にもたらしてゆく構造を明らかにする。

第六章と七章とでは、仮名日記作品である『うたたね』を対象に、日記叙述の特質を踏まえつつ、その物語の引用姿勢について論じる。『うたたね』は、『伊勢』をはじめとする王朝物語の枠組みを利用しつつ、その世界をいわば体験的に誤読する語り手を造形することによって、物語的な世界とは違う「読み」の可能性を開示している。

第一章から第五章のいずれの論も、引用された物語が一つの話型の中へと収束していくその過程と構造を明らかにすることに論の主眼が置かれている。これに対して、残りの二章では、引用という行為が持つ別の可能性を、同時代における仮名日記というジャンルに探った。

【注】

（1）三角洋一「話型」（『源氏物語と天台浄土教』若草書房、平成8年）。
（2）林田孝和「源氏物語の話型」（「国文学」平成7年2月）。
（3）市古貞次「公家小説」（『中世小説の研究』東京大学出版会、昭和30年）。
（4）今井源衛「王朝物語の終焉」（『王朝末期物語論』桜楓社、昭和61年）。
（5）勿論、小木喬『鎌倉時代物語の研究』（有精堂、昭和59年）のような、中世王朝物語を専門に扱った論著もあるが、総体としての判断である。
（6）『鎌倉時代物語集成』（笠間書院、昭和63年〜平成6年）。
（7）『中世王朝物語全集』（笠間書院、平成7年〜刊行中）。
（8）神田龍身・西沢正史編『中世王朝物語・御伽草子事典』（勉誠出版、平成14年）
（9）大槻修・神野藤昭夫編『中世王朝物語を学ぶ人のために』（世界思想社、平成9年）など。
（10）高橋亨「夕顔の巻の表現——テクスト・語り・構造——」（『物語文芸の表現史』名古屋大学出版会、昭和63年）。
（11）高橋亨「前期物語の話型」（『物語と絵の遠近法』ぺりかん社、平成3年）。個々の作品の「読み」にではなく、その深層にある一般構造（文法）を常に問題としている点で、氏の関心と本書の発想は近いところにある。
（12）三角洋一「『石清水物語』の話型と表現」（『物語の変貌』若草書房、平成8年）。
（13）豊島秀範『物語史研究』（おうふう、平成6年）に収録されている各論考。
（14）辻本裕成「王朝末期物語における源氏物語の影響箇所一覧」（「国文学研究資料館調査研究報告」、平成8年3月）。
（15）塩田公子「話型」（前掲注（8）所収）。

（16）大槻修「主題」（前掲注（9）所収）、同「はかなげな女の悲恋の物語」（『王朝の姫君』世界思想社、昭和59年）など。

（17）「しのびね型」という話型をめぐる展望と視界を、散逸物語の復元を精力的に進めることによって一気に広げた神野藤昭夫氏は、「〈しのびね型〉の話型は、さまざまの物語を生み出すコードともいうべき役割を果たしていたらしい」（「散逸物語『末葉の露』の復原」『散逸した物語世界と物語史』若草書房、平成10年）と論じ、「しのびね型」を「物語的想像力の原基として機能する話型」（「後期散逸短編物語論――その沃野と〈しのびね型〉散逸物語群の発掘――」同書）と評価する。神野藤氏の「しのびね型」をめぐる議論は参考になる見解も極めて多いのだが、話型をいわば物語史における与件として物象化しすぎているきらいがあり、「しのびね型」に該当する物語の範囲を、時代の遡る散逸物語にまで次々と広げていってしまう点など、納得できない点も多い。

第一章　「しのびね型」としての『隆房集』

――物語文学史への一視点――

一　はじめに

本章の目論見は、藤原隆房の歌集である『隆房集』を、和歌史の中にではなく、物語文学史の中に位置づけることによって、中世に隆盛を極めた「しのびね型」という話型に対する歴史的見取り図を提示することである。

『隆房集』が、和歌のみならず物語をも含めた王朝文学の伝統を色濃く反映した作品であることは、先学によって様々に指摘されており、確かに一面の真実ではある。しかし、それがまた平安最末期という、王朝から隔たった時代の刻印の中で成立した作品であるということも決して忘れてはならないだろう。従って、『隆房集』の発想の源泉を伝統的王朝物語世界の中に追尋しその正統的な後継者として評価したり、あるいはそれらとの比較の下に、虚構世界の達成の度合いを作品の質の問題として論じたりすることを、本章では一切意図していない。そのような問題設定には、王朝物語からの連続性と伝統なるものを、無自覚に反復し再生産してしまう危険性が常に孕まれているからである。本章では、『隆房集』と同時期、あるいはそれより後に成立したと考えられる、いわゆる中世王朝物語群との比較対照を通じて、『隆房集』の物語文学史の中での位相を考察していきたい。

二　『隆房集』と『しのびね』

現在、三系統に分類される[1]藤原隆房の歌集のうち、第一種本（以下、本章では『隆房集』と称す）、89番には、次のような詞書と歌とが置かれている。

かくばかり堪へがたく覚ゆるならば、はかなき世に、とてもかくてもありなんと思ひ取りて、「いかならん所へも引き具して去なむ」と思へども、「それも人聞きおびたたしかりぬべし。またかくてもあるべき心地もせず。とにかくに、われを苦しむ君なりけり」と、あぢきなく。

　いかにしていかにすべしと覚えぬはわれと君との中にぞありける

この歌と詞書とは、第二種・第三種本では除かれているのだが、その理由に関して、第一種本の成立が他本に先行するとの立場から、久保田淳氏は、

一旦は女を誘拐してまで恋を貫こうと思いつめる情熱が描かれていて面白いが、女が既に何度か語られているように「ところせき人」「ところせきみからなる人」であってみ

れば、この決意は容易なことではない。男は交野少将のように世俗的栄達を断念せねばならないであろう。それゆえに「それも人きゝおびたゝしかりぬべし」と男も翻意するのであるが、しかし実行に移されなかったにもせよ、そのような反社会的な決意が語られているこの部分は、本来他見を憚るものであった筈である。(2)

と指摘する。『隆房集』の各系統の成立順序の定説について異論を提示することに本章の目的はない。ここで注目したいのは、久保田氏が、隆房の「一旦は女を誘拐してまで恋を貫こうと思いつめる情熱」を、交野少将に引きつけて読みとっている点である。このような設定は、確かに極めて物語的であり、『隆房集』には、他にも露骨なまでに、『伊勢物語』の業平に自身を重ね合わせている箇所が散見する。既に、松尾葦江氏が、「隆房集は現実の体験と物語世界（伊勢物語等の伝統的作品世界）との意図的錯覚を狙っている」(3)と評しているように、この89番詞書にも、久保田氏の述べるような「他見を憚る」事実があったか否かという問題を脇に置いた上で、物語的虚構化がなされていると考えておくべきだろう。

『隆房集』は、隆房によって、自身と宮中にいる「ところせき身からなる人」(4)との悲恋の経緯を、虚構をまじえつつ歌集化したものとされる。既に指摘されているように、作中には具体的な事実関係に属する事柄は全て朧化されており、その代わりに自身の悲恋を、業平のそれと意図的に重ね合わさる作為が強く働いている。つまり、『隆房集』という作品そのものからは、隆房の悲恋の対象や場を読みとることが不可能な仕組みになっている。しかし、『平家物語』諸本によって、その相手が高倉天皇に寵愛された小督であることは周知のところでもある。この「小督」の段が中心的に語るのは、平清盛によって引き裂かれた高倉天皇と小督との悲恋の顛末だが、その導入に小督と冷泉少将隆房との関係が語られている。この一節については、佐々木八郎氏が早くに、「直接の交渉があるとは思わない」としながらも、中世王朝物語の一つ『しのびね』との類似を指摘していた(5)ことが注目されるが、表現のレベルでは、『しのびね』との類似をより強く示しているのは、むしろ、『平家物語』「小督」ではなく、その素材とされる『隆房集』の方と考えられる。

平安時代末期に成立したと考えられる古本『しのびね』を改作した現存『しのびね』は、主人公である貴公子きんつねと、彼によって山中のわび住まいから見出された女君との悲恋を語る物語である。女君は、二人の関係に反対するきんつねの親によって追い出され、やむなく宮中に女房として出仕する。その後、思いがけず帝の寵愛を得るようになり、最終的には立后にまで至るのだが、失踪した女君の行方を探し求めていく過程で、彼女が宮中にいることを知り、煩悶するきんつねの心中思惟の言説に、先に掲げた『隆房集』89番歌の詞書と酷似する記述が頻出する。

・「いかなる巌のうちにも、げに心かなはぬ世ならば、ひき具してこそ過ぐさめ」と思す

も、あさからぬ御志なり。（28）

・これも心からぞや、いかなるところへもひき具して、巌のうちにも、もろともに過ごしなばやと思しよる折々もあれど、（78）

もはや自分の手の届かない宮中の奥深くから女君を盗みだし、俗世間を離れた山奥で二人で暮らしてゆくのも辞さないとするきんつねの発想の淵源そのものは、『伊勢物語』の二条后章段での「昔男」のそれに求められよう。しかし、ここでより注目したいのは、やはり傍線部を付した箇所と89番歌詞書との具体的な表現の類似である。このような、女君を伴っての俗世間からの離脱への志向は、『隆房集』では22番にも既出しており、その詞書に、

四月みあれの日、人の使にて、立ちながら逢ひたりしに、「今はこの世を思ひ捨てて、いかならむ野山の末にも、二人あらむ」など語らひし時、かみにかけたりし葵を取りて、「これは何ぞ」と問ひしことの、忘れがたければ

との記述があるが、これも『しのびね』中の、「いかなる野山の末までもひき具し聞こえて、命のあらんほどは、心安くあらんと思ふ（29）」「いづかたへもひき具して、野にも山にもあくがれまほしく（35）」という表現との類似が顕著である。

言い添えるが、『隆房集』の当該部の記述が、『伊勢物語』よりも『しのびね』の方により近似しているのか否かという点を、ここで議論しているのではないことを確認しておきたい。例えば波線部の表現が、『伊勢物語』六段に拠っていることは明らかであり、そこには『伊勢物語』の世界が濃厚に影を落としている。しかし、本章の目論見は、『伊勢物語』の通時的な享受の実態の解明にではなくむしろ、『伊勢物語』の引用姿勢における共時的な傾向、換言すれば『伊勢物語』の同時代的な享受層の広がりを一般化して議論する為の前提条件の抽出にある。そして、その重要な結節点をなす作品として『隆房集』を取り上げたいのである。

三　『隆房集』と『石清水物語』

『隆房集』との類似を示すのは『しのびね』という特定作品にとどまらない。文永八年(一二七二)以前の成立が明らかである『石清水物語』は、武士階級出身の伊予の守と、東国で彼と姉妹同然に育てられたものの、実は摂関家の血筋を持つ木幡の姫君との物語である。作中、主人公である伊予守が、入内予定の姫君を、何としても帝に渡すまいと思案する心中思惟として、

・同じくは、われも人も身をなきにして、いかなる野山にもゐて、かくしきこえなば（65）

・「いかならんいはほの中の住家をも尋出て、いてかくしきこへん（109）

のような、前節で検討した類型表現が、その執心の高まりを強調するものとして、繰り返し用いられているのが注目される。

また、『石清水物語』については、第三章で具体的に論じているので参照されたいが、この物語は『伊勢物語』からのかなり明らさまな引用から成り立っており、伊予の守による、業平と自己の心情の重ね合わせなどの特徴が見られる。例えば、姫君のかつての住まいを訪れる伊予の守の姿は、

住給しかたをたちめぐりてみれば、（中略）むなしきあとの俤だに残らぬをみるに、いみじうかなしくて、「春やむかしの」といひけん人もかくやと、思ひしらるる。（70）

と、『伊勢物語』四段を踏まえた表現がなされているのだが、この章段は『隆房集』49番の歌と詞書にも引用されている。

その夜更くるほどに、逢ひ見たりし所へゆきて、うち臥したりしかば、五条わたりの西

の対にても、限りあれば、これほどはあらじと覚えて

嘆きつつ春は昔に変らずといひけん人をよそにやは聞く

『石清水物語』も『隆房集』も、主人公の体験を、個別的な一回的なものとして特立するのではない。そうではなく、帝に女を奪われた男が、かつての相手の住居を訪れ、失われた日々を回顧するという業平の身振りを、主人公が真似ることによって強調している。つまり、両作品とも、より普遍的な物語世界の伝統の流れの中に、男の失意の根拠を求めようとしているのである。また、傍線を付した箇所の措辞など、ただ偶然同じ箇所を引用しただけとは言えないほどの類似を示していることが見て取れよう。『伊勢物語』引用の姿勢における、『石清水物語』と『隆房集』との強い共通性を確認しておきたい。

さて、『しのびね』も『石清水物語』も、中世に流行した「しのびね型」悲恋遁世譚と呼ばれる類型的な話型を持つ物語群の一つである。「しのびね型」とは、典型的には、相思相愛と思われる男女が、様々な障害によって離ればなれになり、男は出家遁世（時には死去）、女は入内して後栄華を極めるという話型を指す(6)が、この筋書きそのものが、『隆房集』の結構と類似していることは明瞭であろう。事実、この作品については、その王朝物語的な側面が強調される傾向にあるが、濃厚な仏教色も備えているのである。集の最後の歌と詞書とを

引用する。

大方世にありとある人の、一日一夜がうちにだにも、罪となる思ひの、八億四千ありと聞ゆるに、ましてかかる思ひの積るらんゆゆしさは、いふにも足らず。さりとては、われらに契り深くおはする西方極楽の無量寿仏、これを助け給へとて

恋ひ死なんのちの憂き世をいかにせん南無阿弥陀仏南無阿弥陀仏

半ば戯画的な印象さえ読み手に与えかねない詠歌ではあるが、『隆房集』の男が、『伊勢物語』の業平と決定的に異なっているのは、自らの「罪」に対して、仏教的な救済を求めるこのような姿勢であろう。勿論、この和歌で作品が閉じられている以上、その先の男の出家遁世は描かれていないし、事実としては、隆房が出家することもなかった。また、相手の女がどうなったのかという点について『隆房集』そのものから読みとることはできない。しかし、このような詮索は、作品と現実との水準の差異を考慮しないもので、慎むべきだろう。『隆房集』の男は、帝という絶対的な権力によって自らの恋を断念し、その最後の拠り所を仏道に求めてゆくという姿勢において、業平に代表される伝統的王朝物語の主人公像からは離れ、むしろ中世の悲恋遁世譚の男主人公たちに近似してゆくのである。(7)『隆房集』という作品と、

「しのびね型」物語との間に、指摘してきたような表現の類似に加えて、基本的な枠組みにも、相当の共通点が見いだされるのは疑いのないことと考える。

四　『隆房集』と『海人の刈藻』

『隆房集』の成立は、異説もあるが、おおよそ治承元年（一一七七）を上限とするのが定説である。それに対して、『しのびね』の古本は、『源氏一品経表白』や『月詣和歌集』にその名が見えることから、永万二年（一一六六）以前の成立とされる。古本は現在では完全に散逸しており、現存するのは南北朝期頃の改作とされるものである。従って、改作『しのびね』と『隆房集』との成立の間には、百五十年以上の年月の開きがあり、その開きを無視して議論を続けるわけには本来いかないのだが、その問題を扱う前に、もう一つの「しのびね型」物語について検討しておきたい。

現存『海人の刈藻』は、平安末期に成立したとされる古本を、鎌倉後期か南北朝期に改作した擬古物語の一つである。古本の方は、『無名草子』に「今様の物語（89）」の筆頭として論評されており、この時代の物語を考える上での指標的作品とされる。[8]現存本は、年代記風に、およそ二六年間に及ぶ長い年月が描かれており、登場人物も多く、筋書きもかなり錯綜している。その為に、筋書きの単純な要約は困難なのだが、巻三以降の中心的な話柄が、一条院の猶子である三位中将（後、昇進して権大納言にまで至るが、この呼称で統一する）と、朱雀帝の中宮である藤壺との密通にあることだけは確かである。さらに、藤壺との密通の後に、三位中将が出家遁世を遂げること、また、その経緯が『石清水物語』などと酷似していることなどから、この作品も、広義の「しのびね型」物語の一つと認定して良いと考える。

父の病気見舞いの為に里下がりしていた藤壺のもとに忍び入り、強引に関係を結んだものの、その後手紙を送る手段さえも失われ、悲嘆の涙にくれる三位中将の姿を描いた場面を取り上げたい。

ふみわたるべき浮き橋も絶え果てていとどつらければ、「来ん世の海人となりてかづくみるめを」と思し取りぬるにも、いとど袖はひちまさりて、海人の刈藻に住む虫のわれからつらき人多く嘆きわび給ふ。（146）

特に、傍線部を付した箇所は、この作品名の由来ともなっており、この場面の作中における重要度を推し量る目安ともなるだろう。この傍線部を付した箇所の表現は、『古今集』巻十五の、典侍藤原直子詠、

あまのかるもにすむむしの我からとねをこそなかめ世をばうらみじ（807）

に拠った引き歌表現になっているのであるが、帝の后と臣下の男との密通という設定の一致を考え併せれば、むしろ、『古今集』からの直接の引用ではなく、「在原なりける男」と、「おほやけ思してつかうたまふ女」との密通を語る『伊勢物語』六五段を念頭に置いて、この引き歌表現がなされていると考える方が妥当だろう。

しかし、ここで問題としたいのは、「あまのかる」詠に関して、原型である『伊勢物語』によるそれとは、詠歌主体の性別が入れ替わってしまっている点である。『伊勢物語』六五段で、この和歌を詠じたのは、密通された女の側なのであるが、『海人の刈藻』でこの歌を引き歌にしつつ、その心中を描写されているのは、密通された藤壺ではなく、実は密通した三位中将なのである。勿論、引き歌などに関して、必ずしもその状況や詠者の性別が一致していなくてはならないという原則が存在する訳ではないのだが、この和歌が、かなり著名な和歌である上に、書名の由来ともなっている点を考慮するならば、この性別の交替は、看過しがたい現象ではないだろうか。というのも、この和歌に関する詠者の性別の移動が、『隆房集』にもやはり現れているからだ。

さても、かかる情けなさを「われならざらむ人には、よもかくもあらじ」と覚えて

なぞもかくわれから人のつらからむ海人の刈る藻に宿りせねども

『隆房集』74番の詞書と歌であり、勿論詠者は隆房である。繰り返すが、『隆房集』は、露骨なまでに『伊勢物語』の二条后章段を何度も引用しており、その点からすれば、この箇所も単なる引き歌の域を超えて、隆房が自身の悲恋を強調する為に、『伊勢物語』六五段の世界を意図的に重ね合わせたものと考えるべきだろう。事実、『隆房集』の82番には、やはり『伊勢物語』六五段にある、

恋せじとみたらし河にせしみそぎ神はうけずもなりにけるかな

という、「在原なりける男」の詠歌を引き歌にした和歌

これもまた神はうけずぞなりにけるみたらし川のみそぎのみかは

と詞書とが置かれており、その影響関係は明瞭である。

以上のような現象を考察するにあたって、ここで参照したいのは、古本『しのびね』と現

存『しのびね』の改作過程について、『風葉集』などの記述をもとに、詳細な分析を行った、神野藤昭夫氏の論である。(9) 氏は、古本と現存本との間に基本的な筋の運びの違いは無いとした上で、「古本の主題性が、恋の悲嘆に忍び泣く女君をえがくところにあった」と推定する。さらに、「古本から現存本への移行の過程には〈しのびね〉的主題のなしくずしの後退、逆にいうならばそれに替わる新たなる主題の胚胎があった」とし、その主題とは「決然と恋を捨てて出家を遂げる男君の哀切な悲劇性」であると論じる。

『海人の刈藻』と『隆房集』とが、類似した場面設定のもとに、ともに『伊勢物語』の同一の和歌を引用し、しかもともにその詠者を女性から男性へと、その性別を変更させているという現象と、神野藤氏が『しのびね』に即して論じた「しのびね型」物語における、主題の移行という問題との間には多くの共通点を見いだすことができよう。そして、それは、『伊勢物語』以来、繰り返し物語史の中で取り上げられてきた密通という、男女それぞれをその行為主体とする出来事が、その叙述の重心を著しく男主人公側に偏らせていく過程でもある。

『しのびね』という一作品について指摘された、女性から男性へという叙述の重心の移行の問題が、「しのびね型」と呼ばれる物語群全体にとって、どこまで敷衍可能なのか。現存する「しのびね型」の中で最も古い作例となる『隆房集』の位置付けは、その点で重要になってくるだろう。また、神野藤氏の指摘は、話型と主題との、一般的には誤解されがちな関係への再考をも同時に促している。つまり、「しのびね型」と呼ばれる話型そのものは、その内実（主題）を通時的に保証するものではなく、ただの器にすぎないことを示唆しているからである。話型と主題とは本来的に無縁である。ならば、現存する「しのびね型」の物語群と、「男君の哀切な悲劇性」との間にある、一見強固な結びつきの歴史性こそが問われてこよう。

五　『隆房集』の時代

さて、『隆房集』と「しのびね型」の中世王朝物語との類似について確認してきたが、前節までの議論を、敢えて図式的に整理するならば、女性側の嘆きにより多く焦点化していたのが、古本『しのびね』であるのに対して、男性側の悲恋の強調へとその叙述の重心を移しているのが『隆房集』や現存『しのびね』となり、『海人の刈藻』や『石清水物語』もその範疇に入るということになる。やや誤解を招く言い方になるかもしれないが、『隆房集』との時代的な近接にも関わらず、古本『しのびね』よりも、時代的な隔たりの大きい現存『しのびね』の方が、『隆房集』により近似しているとの評言も可能になろう。古本『しのびね』のみが孤立していると言い換えてもよい。その位相差を考えるにあたって、『伊勢物語』の位置づけについて検討したい。

そもそも、帝・貴公子・女君という三角関係を構成し、そこに生じる密通という「罪」、あるいはその「罪」への止みがたい欲望を、密通する男の視点から悲劇的に語るという、「しのびね型」悲恋遁世譚の基本的なスタイルは、『伊勢物語』に始まると言ってよい。物語史の中で、この密通というテーマは、『源氏物語』へと引き継がれていくが、そこでは既に密通した男たち（光源氏や柏木）のみではなく、密通された側の藤壺や、あるいは妻を密通された男としての光源氏の苦悩を大きく描き出すように変貌を遂げていた。『夜の寝覚』でも、語られるのは帝との密通ではないものの、密通される女の側に叙述の重心が移っている。このように密通をめぐる物語史は、個人の心情に焦点化するのではなく、その複数の登場人物の関係性を見据えた、より多様な視点を備えるように展開していく。しかし、その趨勢は平安末期に大きな変化を遂げ、専ら男の悲恋遁世を叙述の中心に据える類型的な作品が続出するようになる。その要因として、この時代の『伊勢物語』の流行を考えたいのである。

新古今時代に、定家をはじめとする御子左派の歌人達が『伊勢物語』を特に愛好したことは良く知られている。事実、『後拾遺集』から『千載集』に至るまで、一首も撰歌されることとの無かった『伊勢物語』の関係歌が、『新古今集』になると二八首も採歌されることになる。しかし、吉海直人氏の調査によれば、『千載集』には十五首の『伊勢物語』を本歌とした歌が存在し、『千載集』の時代には既に、『伊勢物語』愛好の前兆が現れているという[10]。また、久保田淳氏は、殷富門殷大輔や寂蓮によってなされた、業平ゆかりの地への訪問などか

ら、

『伊勢物語』に代表される「みやびを」業平とその「みやび」の世界が、人々に強く意識された時期は、王朝もたそがれ、保元の乱に始まる幾度かの内乱が、「武者の世」――中世の開幕を告げた時期と重なっているのである。

と指摘する。[11]そして、この『伊勢物語』の復権の時代の文化の中心を担ったのが、「「王朝文化復元」を夢見て実行化が図られていた」[12]とまで評される、高倉天皇を中心とするいわゆる平家文化圏であり、その近臣の一人が『隆房集』の作者、藤原隆房なのである。中世王朝物語に関してしばしば「王朝憧憬」という評語が用いられるが、その運動の始発期として、隆房を取り巻く、このような時代背景は注目に値しよう。

古本『しのびね』と『伊勢物語』との間に、具体的な表現の水準における影響関係を措定することは資料上の制約から不可能である。古本『しのびね』の中に、密通をめぐる『伊勢物語』の引用がなされていなかったと断定するのは不可能であるが、先の神野藤氏による議論や、現存『しのびね』の中にその明示的な引用が少ないことを考え併せれば、古本『しのびね』と『伊勢物語』との関連は、極めて希薄なものであったと推測できよう。成立時期にしても、これまで問題としてきた「しのびね型」の諸作品は全て『隆房集』より後の成立になり、それらの作品による『伊勢物語』の引用箇所にしても、殆どが『隆房集』で引用されていたものに限定されている。つまり、「しのびね型」物語と『伊勢物語』との遭遇を演出し、そこに偏った男性視点を持ち込んだ大きな契機として、『隆房集』の存在を仮定してみたい。

先にも述べたが、『隆房集』には、具体的な固有名詞や社会的背景は一切捨象され、悲恋の事実経過にではなく、男の心情に叙述の焦点をしぼり、その男の心情の根拠を伝統的物語世界に求めるという手法によって構成されている。松尾氏による、

> 現実の時空をさし示す記述を排除する代りに、この道の先輩業平を主人公とする伊勢物語の世界をすかし見せることによって、隆房集は第三者たちをひきつける真実らしさを手に入れている。(13)

との的確な指摘が既にあるが、その「真実らしさ」は、例えば『平家物語』の「小督」のように、そこに歴史的な固有名詞を当てはめようとする事実詮索的な欲求を喚起する一方で、(14)そこに描かれている失われた王朝世界をこそ、自身の内的な「真実」として受け入れようとする読者たちの共感によって、事実ではない誰もが自己を投影できる虚構の枠組みとして、新たな物語の作成への欲望を下支えしたと考えられるのである。

六　終わりに

『隆房集』というたった一つの作品が、後の類型的な作品群に対して決定的な影響力を与えたとするのは、あまりに強すぎる仮定であり、過大評価になろう。しかし、次のようなことは少なくとも言えるのではないだろうか。すなわち、様々な宮廷貴族の出家談や、古本『しのびね』などに代表される、「しのびね型」の悲恋譚そのものの存在が先ず前提としてある。[15]その枠組みを利用しつつ、『伊勢物語』の流行を背景に、隆房が半ば公開も意図して、[16]『伊勢物語』の引用を縦横に織り込んだ物語的歌集である『隆房集』を作成する。そして、平家文化凋落の後も、解体を続ける王朝に対する憧憬を一層強めていく貴族文化の中で、その業平と出家遁世との組み合わせによる、古くて新しい類型的な表現と話型とが、業平に同化したい一部の貴族たちの中で規範化され、『石清水物語』や『葎の宿』[17]などの、いわゆる「しのびね型」悲恋遁世譚を量産させてゆくことになっていったと。

本章の最後に強調しておきたいのは、「しのびね型」にしても悲恋遁世譚にしても、決して普遍的な話型などではなく、ある種の時代的な制約の下に偶然に成立したり消えたりするものにすぎないということである。あえて、『隆房集』の、物語史的位相を測定しようとした本章の意図もそこにある。話型と主題との間に、普遍的な結びつきを求めようとしたり、物語史の自立的展開なるものを過度に重視する議論には、物語史から差異を隠蔽し、その歴史性を無視してしまう危険性が常につきまとうことを忘れてはならないだろう。次章以下、「しのびね型」の類型性の構造を様々に論究していくが、その類型性が普遍的であることを議論の前提としていないことだけは確認しておきたい。本章を、見慣れた馴染みの良い文学史ではなく、屈折と偶然の遭遇に満ちた文学史の構築の為の基礎作業の一つとして位置づけたいのである。

【注】

(1) 桑原博史『中世物語の基礎的研究――資料と史的考察――』(風間書房、昭和44年)などの分類に拠る。
(2) 久保田淳「解説『隆房集』」(『中世の文学　今物語・隆房集・東斎随筆』三弥井書店、昭和54年)。
(3) 松尾葦江「恋する隆房」(「中世の文学　附録　6」昭和51年12月)。
(4) 前掲注(3)論文。神野藤昭夫「『隆房集』と『たまきはる』」(「解釈と観賞」昭和56年1月)など。
(5) 佐々木八郎『平家物語評講　上』(明治書院、昭和38年)。
(6) 小木喬『散逸物語の研究』(笠間書院、昭和48年)に拠るが、多少私に整理した。「しのびね型」悲恋遁世譚を、『伊勢物語』に代表される「帝の御妻をあやまつ」タイプのものと、現存『しのびね』のような、女君が男の親によって追放される「嫁苛め」タイプのものに分ける見解もあるが、本書は、それを一括して同種のものとして取り扱う為の基礎書でもある。

（7）加藤昌嘉氏は、『しのびね』の文体の特徴を論じた中で、「出家遁世そのもの、或いは死そのものを志向するコトバ」が「「引きぐす」「わたし奉らん」という口説きの文句とともに配備」されているのが、この作品の特異な点だと指摘する（「『しのびね物語』のコトバの網――王朝物語世界の中の――」「詞林」、平成11年4月）が、少なくとも『隆房集』においてもその特徴は見いだされており、『しのびね』を特立する論法には従えない。

（8）三角洋一「『海人の刈藻』の文学史的位相」（「リポート笠間31」平成2年10月）。

（9）神野藤昭夫「『しのびね物語』の位相――古本『しのびね』・現存『しのびね』・『しぐれ』の軌跡――」（『散逸した物語世界と物語史』若草書房、平成10年）。

（10）吉海直人「新古今集の伊勢物語享受」（「日本文学論究」昭和61年3月）。

（11）久保田淳「「武者の世」と「みやび」」（『藤原定家とその時代』岩波書店、平成6年）。

（12）生澤喜美恵「平家文化とその周辺」（『岩波講座　日本文学史第4巻　変革期の文学Ⅰ』岩波書店、平成8年）。

（13）前掲注（3）論文。

（14）佐々木氏は、前掲注（5）著書の中で、「一人の男性が、藤原氏につながり宮中に仕えている一人の女性を思慕した恋情を、隆房がわが事に仮託したものとも考えられよう。それを『平家物語』の作者が隆房と小督の事として物語化したのであろう。つまり『艶詞』（『隆房集』三種本―引用者注）を詩材にして、隆房と小督の悲恋を構想し、その上に立って、『忍音物語』にみられるような「帝・貴族・女性」の三角関係を構成したのではあるまいか」と指摘している。

（15）三角洋一「出家談と悲恋遁世談」（「仏教文学」平成3年3月）。

（16）前掲注（12）論文。

（17）『葎の宿』と『伊勢物語』との関係については、第五章を参照。

第二章　「葎の宿」題号考

一　はじめに

本章では、「しのびね型」物語の一つ『葎の宿』の物語史的位置付けを、その題号である「葎の宿」という歌語の消長の検討を通じて明らかにする。

作り物語には、その主題や内容を端的に象徴する題号が付されていることが一般的である。その命名の有り様は様々だが、中でも、中世王朝物語と呼ばれる作品群には、いわゆる歌語をその題号として持つものが少なくない。『海人の刈藻』『いはでしのぶ』『雫に濁る』等の現存作品の他、この時期に成立したと考えられている散逸物語の多くが、歌語による題号を持っている。日常とは異なる和歌の世界で培われてきた既成の歌語を題号に付すことは、その歌語の有する様々な歴史的・文化的イメージを、与件として読者に提示し得ることを前提とした発想であろう。既存の物語や和歌からの引用を縦横に巡らして構築される、この時期の物語の特質については、しばしば「王朝憧憬」との評言がなされるが、題号についても同様の傾向が現れていると考えたい。(1)

『葎の宿』は、『風葉集』の完成した文永八年（一二七一）を下限として、それをいくらも遡らない十三世紀半ば頃の成立と推定されている。(2)従って、その時点での「葎の宿」という歌語の受容状況が問題となる。物語の内実や性格を、たった数文字の題号が規定しているとは必ずしも考えられず、このようなアプローチには当然ながら大きな限界がある。しかし、物語の前半部を大きく欠き、そのために作品の全貌の理解が阻まれている『葎の宿』のような作品には、一定の有効性があると考える。

二　問題の所在

『葎の宿』は、相思相愛の男女が仲を裂かれ、女は帝の寵愛を受け女院に上り、一方の男は悲嘆のあまり死去するという、この時代に広く流行していたと考えられている、いわゆる「しのびね型」の結構を備えた物語群の一つである。また、散逸部分の推定によるが、女君は、大臣家の出身でありながら継母に迫害され、不幸な境遇に置かれていた。それを、当代の貴公子である大将が見いだし、忍び通うようになったと思われる。継子が零落の境遇から脱出するという、このような典型的な設定から、この作品を『落窪物語』以来の、継子物語の伝統を受け継ぐものとして積極的に位置付ける見解もある。(3)

さて、『葎の宿』の現存部分に、「葎の宿」、もしくは「葎」の語は見あたらない。しかし、『風葉集』巻十八には、

　大将心変れるさまに侍りければ、ほかに移ろひ給ふに、懸樋の水の氷り閉ぢたりければ

　　　　　　　　　　　　　　　　　　　　葎の宿の女院

住みわびて宿の主《あるじ》もあくがれぬ懸樋の水も絶えざらめやは

という詠歌が採録されており、散逸した箇所において、「主もあくがれ」てしまった、つまり誰も住まないような荒れ果てた「宿」に、女君が寂しく住んでいたということが分かっている。また、残された現存部分中にも、大将が失踪した女君を探して、かつての居所である長楽寺を訪れる場面で、この地が「山里」「主なき宿」と描写されている箇所があり、常磐井和子氏は、この長楽寺こそが、「葎の宿」であるとする。(4)『葎の宿』という題号については、早く中野幸一氏が、

物語のクライマックスが、秋頃八重葎のしげった寂しい家を舞台として描かれていたことによるものと思われる。あるいはその頃詠まれた和歌の一句であろうか。(5)

と推測していたが、それ以上の詳細は全く不明であった。しかし、その後辛島正雄氏が、この物語における継子物語としての側面を重視する立場から、先の常磐井和子氏の指摘を承ける形で、

いったい、継子物語の題号のありかたには、あるいちじるしい偏りのあることが知られている。『住吉物語』にせよ、『落窪物語』にせよ、いずれもが、継子が苦難の時期を過ごした場所をもって題号としているのである。とすれば、継子物語たるこの物語が、継子である女君の不遇な時期の居所をもって題号としたことは、きわめて自然ななりゆきだったといえるのではあるまいか。

と指摘したことが特筆されるだろう。確かに、女君の側に焦点化して読む限り、この作品を王朝以来の継子物語の一つとして位置づけるのは、妥当な見解と考える。また、「葎の宿」という題号についても、氏の述べるような物語史的伝統の下に発想された可能性も極めて高い。しかし、この題号の持つ含意について、

それを、例えば『長楽寺物語』などと直截に名づけなかったのは、歌ことばによる含みの多い題号が主流であった、当時の物語史的趨勢にのったものであるにすぎない。

とだけ片づけてしまった点については、再考の余地が残されているのではないだろうか。歌ことばによる含みの多い表現とは、それが歴史的に積み重ねられ、多くの人に共有されたものである以上、必然的に単なる辞書的意味を超えた意味の広がりを抱え込んでしまう性質を

持っている。類型的な継子物語としては、異例な命名が施されていることには、それ相応の理由があるのではないか。この物語に、あえて「葎の宿」という、「歌ことばによる含みの多い題号」が付されていることについて考察してみたい。

三 「葎」の表現史

「葎」は、荒廃した邸宅を端的に象徴する植物として、「蓬」や「浅茅」などとともに、『万葉集』の時代から、和歌の中に多く詠まれてきた。『能因歌枕』には、「八重葎とは、荒れたる処に言ひかかれるをいふ」と記され、また、『葎の宿』と成立時期の近い『八雲御抄』にも、「やへむぐら　荒廃の所の物なり。むぐらの門も閑居なり」との記述がある。しかし、「葎の宿」は単に住居の荒廃のみを表象するのではない。吉山裕樹氏は、『万葉集』以来、平安時代に至る「葎の宿」の表現史をたどった上で、

「葎の宿」には、自分の家を卑下して言う場合と、通う人が途絶えた家を言う場合の、大まかに分けると二つの類型が見られる。これが「恋」の歌に用いられると、ともに女が男を自分の家に待つと云うイメージが付随しており、女の発想によるものと言うことができよう。(6)

と指摘する。「女の発想」という表現には違和感があるが、「葎の宿」が、男の訪れの絶えた家を指すという点は首肯できる。例えば、もっとも典型的なものとしては、『万葉集』中の問答歌、

おもふひとこむとしりせばやへむぐらおほえるにはにたましかましを（2835）
たましけるいへもなにせむやへむぐらおほえるをやもいもとをりてば（2836）

や、『後撰集』恋六の「よみ人しらず」歌、

ひさしうとはざりける人の、思ひいでて、「こよひ、まうでこん。かどささで、あひまて」と申して、までこざりければ、

やへむぐらさしてし門を今更に何にくやしくあけてまちけん（1055）

などが挙げられるだろう。いずれの例にしても、女性が自らの家を、八重葎に覆われた状態だと詠んでいるが、家が現実に葎に閉ざされているというよりは、男の訪れの途絶を、住居

の荒廃によって象徴させているのである。さらには、読み人知らずのため、詠者の性別は不明であるが、『古今集』雑下の、

今更にとふべき人も思ほえずやへむぐらしてかどさせりてへ　（975）

のような歌もある。また、引用されることの多い、

さて、世にありと人に知られず、さびしくあばれたらむ葎の門に、思ひの外にらうたげならむ人の閉ぢられたらむこそ限りなくめづらしくはおぼえめ。　（一・49）

との『源氏物語』帚木の記述からは、そのような場所で侘び住まいをする女性こそを、理想の恋愛対象とする男性の眼差しの存在を伺うことができる。「葎の宿」に住む女性を巡るイメージの、一般的な広がりを確認しておきたい。

和歌の世界で形成された「葎の宿」の風景は、一つの典型的な道具立てとして、物語の世界でも繰り返し用いられている。(7) 「蓬・葎さへ生ひ凝りて、人目まれ(24)」な宿の住人であった『宇津保物語』の俊蔭女や、「葎」の語こそないが、「いといたう荒れわたりてさびしき所(二・14)」から光源氏によって見いだされた『源氏物語』の末摘花など、類例は数多い。零

落した女君と当代の貴公子とが、偶然にも荒廃した邸宅で出会うという、非現実的で、またそれだからこそ想像力をかきたてられるこの設定は、時代を超えて多くの物語作者によって踏襲され続け、中世王朝物語にも、例えば『しのびね』の女君など、同様の場面設定が多く構えられている。(8) つまり、「葎の宿」という題号には、これら数多くの和歌や物語によって歴史的負荷がかけられていると理解するべきだろう。継子とは、現実には考えがたいそのような登場人物の設定に、もっともらしい説得力を与える属性の一つとして、女君に付与されているとさえ考えられる。辛島氏の述べるような継子物語の系譜と、和歌的な発想の交錯する地点に、「葎の宿」という題号も位置しているのである。

しかしながら、題号をめぐる議論が、性急な一般化によって拡散してしまうことは避けたい。これまでの議論では、荒廃した邸宅を便宜上すべて「葎の宿」と称してきた。しかし、それらは、荒廃した邸宅という点で共通性を示すものの、必ずしも「葎」が描写されているわけではなく、また物語の題号と同じ、「葎」「の」「宿」という三つの単語からなる語句が使用されているのでもない。本節での議論を確認した上で、「葎の宿」という語句の含意について、もう少し限定的に焦点化した検討を施したい。

四　歌語としての「葎の宿」

先ず確認しておきたいのは、「葎の宿」という語構成の問題である。平安時代以降、「葎」は、主に「八重葎」の形で詠まれるようになっていた。前節で掲げた、『能因歌枕』や『八雲御抄』でも、「葎」は「八重葎」の形で取り上げられている。現代の、『歌枕歌ことば辞典』(9)や『歌ことば歌枕大辞典』(10)でも同様に、「八重葎」として項目が立てられている。とにかくも、和歌の世界においては、「葎」は「八重葎」だったのである。荒れ果てた邸宅を詠むにあたって、「八重葎」と「宿」とを一首の中に読み込んだ歌としては、

八重葎しげくのみこそ成りまされ人めぞ宿の草木ならまし　（貫之451）
とふ人もなきやどなれどくる春はやへむぐらにもさはらざりけり　（貫之207）
やへむぐらしげきやどには夏虫の声より外に問ふ人もなし　（後撰194・よみ人しらず）

などをはじめ、多数の例を挙げることができる。

しかし、その一方で、「葎」と「宿」という二つの名詞を、連体修飾格の助詞「の」だけで取り合わせた「葎の宿」という、最も単純にして明快な語句が用いられることは意外に少ない。前掲の『歌ことば歌枕大辞典』では、「八重葎」の項目中に、「「葎の宿（門）」という

成句での作例も数多い」との解説がなされているが、その時代別の分布状況については、実はかなりの偏りがある。勅撰集を例として挙げれば、「葎の宿」という成句を持つものは、全部で六首を数えるのみである。さらに、その六例の全てが『新古今集』以降の用例となり、時代的にそれ以前にさかのぼるものはない。また、その表現内容についても、一定の傾向が見て取れる。六首を掲げてみる。

①たへてやはおもひありともいかがせむむぐらのやどの秋の夕ぐれ（新古今364・雅経）
②ゆふぐれはむぐらのやどのしらつゆもおもひあればやそでにおくらん（続古今352・土御門院）
③人とはぬむぐらのやどのつきかげにつゆこそ見えね秋かぜぞふく（続古今417・宗尊親王）
④思ひあれば涙に袖はくちはてぬむぐらのやどになにをしかまし（新千載1138・実重）
⑤身をかくすむぐらの宿はあるじから思ひありとや虫もなくらむ（新千載1766・基任）
⑥さしこもるむぐらの宿の花にさへ猶思ひある春かぜぞ吹く（新後拾遺613・善成）

六例のうち、③を除いたもの全てに、傍線を付したように、「思ひある」という動詞の活用形が使われていることが分かる。「思ひ」を持っている主体が何を指し示すかという点に関しては、各詠歌それぞれに相違があるもの、人の訪れが絶え荒廃した「葎の宿」の寂寥感と、にも関わらずの「思ひ」の深さとの対比を、その詠歌の主眼としている点において共通性を示している。中世の和歌史における『新古今集』の意義と位置付けとを考えれば、①の雅経詠こそが、「葎の宿」という歌語の普及において大きな役割を果したものと考えるべきだろう。(11)

私家集や私撰集についても検討しておきたい。藤原雅経の「たへてやは」の歌は、『新古今集』の詞書によれば、建仁元年(一二〇一)に後鳥羽院によって催された「老若五十首歌合」に出詠されたものであるが、「葎の宿」という成句を含む他の詠歌も、この時期の前後に集中して出現している。正確な詠歌時期の確定は難しいものの、雅経の詠歌より前に詠まれたものとして確認できたのは、

⑦なげきつつ雨もなみだもふるさとのむぐらのやどはいでがたきかな (村上55)
⑧をみなへしありへしかたをたづねかねむぐらのやどをさしてこそくれ (能宣106)
⑨あはじとてむぐらのやどをさしてしをいかでか老の身を尋ぬらん (式子193)
⑩さしこむるむぐらのやどのかやり火は煙も空に行方やなき (壬二31)
⑪わけがたきむぐらの宿の露の上は月の哀もしく物ぞなき (拾遺愚草667)
⑫人もこぬむぐらのやどのさびしきに玉しくものはあられなりけり (師光59)
⑬吹く風にしばのとぼそを叩かせてむぐらの宿に秋は来にけり (玄玉399・静賢)

以上の七首のみである。

⑨から⑬までの五首が、いずれも雅経の詠歌をそれほど遡らない時点での作例であるのに対して、⑦⑧の二首のみが平安中期のものとして時代的に大きく隔たっている。さらに、二首のうち⑦の作例については問題点がある。これは、村上天皇からの出仕の誘いを受けた斎宮女御の返歌であるが、『私家集大成』所収のⅠ・Ⅱ類本に、この歌は掲載されず、Ⅲ・Ⅳ類本では「葎の宿」ではなく、「葎の門（かど）」の形で収められている。どちらを原形とするかについての判断は難しいが、この斎宮女御詠は『万代集』や『玉葉集』にもⅢ・Ⅳ類本の形で入集しており、少なくとも鎌倉期には「葎の門」として一般に理解され、流布していたと考えてよいだろう。つまり、⑧の能宣詠のみが例外的に古い用例ということになり、その特殊性が分かるだろう。また、雅経を含めて、「葎の宿」という成句を用い始めたのが、定家や家隆など、いわゆる新古今歌人たちであったことにも注目しておきたい。

おそらく、平安時代を通じて、「葎の宿」という語構成による成句は歌語としてあまり認知されていなかったのではないだろうか。それが、平安最末期から鎌倉初頭にかけて、定家や家隆などによって、「葎の宿」は次第に歌材として取り上げられるようになったと考えられる。中でも、その流布にあたっては、『新古今集』に採歌された雅経詠の影響が大きかったということになる。

五 「葎の宿」と本歌取り

さて、長い間歌語として認知されていなかった「葎の宿」という成句が、和歌の中で詠まれるに際して、大きな役割を果たしたのが、いわゆる本歌取りと呼ばれる表現技法であると考えられる。

例えば、前節③の宗尊親王や、⑬の静賢の詠作が、百人一首にも採られている有名な『拾遺集』の、

やへむぐらしげれるやどのさびしきに人こそ見えね秋はきにけり　（拾遺集140・恵慶）

の本歌取りであることが、一見しただけでも明瞭である。従って、これらの歌では、「葎の宿」という成句そのものが、一首の歌の中で自立した風景を構築しているのではない。換言すれば、これらの歌で用いられている「葎の宿」という成句は、あくまで「八重葎しげれる宿」という恵慶詠の荒涼とした世界を前提に、それを圧縮して成り立っている表現なのであり、またその理解を前提にした享受を要求してもいるのである。また、⑫は四句の「玉しくものは」から、二節で取り上げた『万葉集』の問答歌の、本歌取りによって成り立っている歌であることが分かる。「葎の宿」という端的な成句が、本歌を背景にした表現として形成

されてきた経緯を伺わせる。

問題としてきた雅経の詠歌も、実は『伊勢物語』三段の次の歌を本歌にしたものである。

その全文を掲げてみたい。

むかし、男ありけり。懸想じける女のもとに、ひじき藻といふものをやるとて、
　思ひあらばむぐらの宿に寝もしなんひじきものには袖をしつつも
二条の后の、まだ帝にも仕うまつりたまはで、ただ人にておはしましける時のことなり。（134）

「むかし、男」こと、在原業平と二条后との悲恋を語る、いわゆる二条后章段の一つである。私への思いがあるならば、荒廃した「葎の宿」にでさえ供寝ができるだろう、と詠みかける人物については、業平とするものと二条后とするものとの二説があるが、ここでは立ち入らない。高貴な出自の女性が、「思ひ」と引き替えに、粗末な「むぐらの宿」で男と会おうとする、その設定だけを確認しておく。

『伊勢』三段の詠歌に関して、さらに重要な点は、これが「葎の宿」という成句を持つ歌の、確認し得る限りのおそらく最古例であることだろう。意外にも用いられることが少なか

ったたけに、「葎の宿」という成句は、雅経詠のみならず、その本歌である『伊勢』三段の世界を、読み手に対して直接に連想させやすい語句だったのではないだろうか。そして、それこそが、雅経の詠歌が大きな影響力を持った主たる要因であると考えられる。実際、前節④の実重詠などは、五句目に「なにをしかまし」とあり、『伊勢』三段を念頭にして詠まれたものであることが明らかなのである。

「葎の宿」の用例は、その後、鎌倉期を通じて増え続け、次第に歌語として一般的に認知されるようになっていったようである。『葎の宿』の成立下限と推定されている文永八年を下限とすると、「葎の宿」という成句を持つ歌の用例は、全部で十八例を数えることができる。[12]その中には、後鳥羽院の、

露しげきむぐらのやどのさびしきに昔ににたるすず虫の声　（後鳥羽790）

という詠歌のように、『源氏物語』を本歌取りしたものや、[13]

あれまさるむぐらの宿の庭さくらうつろひぬともたれにつげまし　（新撰六帖2371・家良）

のように、常に秋の景物であった「葎の宿」と、春の「庭桜」という、これまでにない取り

合わせの詠作も現れ、「葎の宿」をめぐる表現の模索が様々に試みられるようになっていった。

しかしながら、同時代の歌人たちにとって、「葎の宿」という歌語に託されていた最大公約数的イメージの中心を占めていたのは、やはり『新古今集』所載の雅経の詠歌であり、その本歌である『伊勢』三段の世界だったと考えられる。実際、先述した十八例のうち、

⑭月影もおもひあらばともり初めてむぐらの宿に秋は来にけり　（俊成女58）
⑮かくしえぬむぐらのやどの身の程を思ひしれともとぶほたるかな　（為家414）
⑯おもひあるむぐらのやどのあきのつゆあまりすぎてもほさぬそでかな　（為家五社百首318）
⑰とぶほたるおもひありとや露分のむぐらの宿にもえあかすらん　（新撰六帖2259・信光）
⑱思ふ事ありとはなしに袖しきて葎の宿にいく夜寝ぬらん　（百首歌合1487・民部卿）
⑲かひなしや我のみふかきおもひにはむぐらのやどに袖をしきても　（宝治百首2872・小宰相）

以上の、六例までもが、その影響下に詠まれているのである。⑲の小宰相詠などは、『伊勢』三段の世界をかなり直接に意識したものだろう。「葎の宿」は、単なる風景描写では決してない。前節と本節とでは、歌語としての「葎の宿」の歴史的展開とそのイメージについて確認してきたが、次節では、物語『葎の宿』との関係性を考察しよう。

六 『伊勢物語』との関係

『伊勢物語』の「二条后章段」と『葎の宿』とは、基本的に同じ物語構造を持った物語である。『葎の宿』が、「しのびね型」の物語であったことを再確認しておきたい。「しのびね型」を人間関係のみに限定して、端的にまとめるならば、男・男・女の三角関係の一点を、帝に設定した物語となる。その一点が帝という絶対者である以上、この二人の男が対等な敵対関係に立つことはあり得ない。従って、もう一方の男は、必ず悲劇的な結末を迎えることになる。以上が、基本的な「しのびね型」の構図なのだが、このスタイルの物語史的原型が、『伊勢』であることは明瞭だろう。『伊勢』と言うと、「帝の御妻をあやまつ」という、女が入内して後の展開ばかりが強調されるのだが、その密通譚の始まりは、三段のように、女が「まだ帝にも仕うまつりたまはで、ただ人にておはしましける時」から語り起こされているのであり、その発端の設定における、「しのびね型」との共通点も見逃しがたいのである。

勿論、結構の類似だけではなく、多くの「しのびね型」作品が、具体的な表現の水準でも様々な類似を示していることは、前章においても論じてきたし、また次章以下でも論じる予定である。『葎の宿』の場合は、散逸してしまった分量が多く、現存部に明確な伊勢引用は見あたらない。しかし、他の「しのびね型」物語群と、『伊勢』との関わりの大きさを前提として考えた時、「葎の宿」という歌語を用いた題号に、『伊勢』引用の痕跡があると仮定することは、あながち牽強付会でもないだろう。と同時に、本章が問題としたいのは、その『伊勢』引用の姿勢についてである。

『新古今集』所載の雅経詠について、『新大系』の脚注は、「本歌に答えて女の詠んだ歌の態」との解説を施している。第三節で確認したように、和歌の世界では、荒れ果てた宿の住人が、多くの場合女性として設定されていることを考え併せるならば、非常に興味深い指摘だと言えるだろう。しかし、「女の詠んだ」と限定する必然性はないのではないか。その詠歌主体を、男性、女性のいずれと理解するにしても、『伊勢』の世界を背景にしつつ、愛情という「思ひ」の深さだけではどうにもならないという、いかにも中世的な諦観を詠んだものとだけ解釈しておく。(14)

そして、何よりもこの雅経詠に表現されるような、耐え難い現実に対する、一種の諦めの感覚とも言える姿勢こそが、『伊勢』と、「しのびね型」の物語群との最大の相違点であったことを強調しておきたいのである。帝によって愛する女と引き裂かれ、ついには悲劇的な結末に至ってしまう点で、業平と「しのびね型」の男主人公たちは相似していると先に述べた。しかし、彼らの行動の規範たる業平が、あくまで女に対する思いを、密通という「罪」を犯してでも遂げようとするのに対して、「しのびね型」の男主人公たちの殆どは、強大な帝の存在を前にした絶望感に閉ざされるばかりなのである。そこに見られるのは、諦めの美学とでもいうべき姿勢であり、また「しのびね型」の物語はその断念をこそ同情的に語るのである。男たちの女への執着の大きさは、むしろその断念を強調する為にこそあるとさえ評し得る。

『葎の宿』の結末に話を戻したい。失踪した女君を必死に捜索し続けていた大将は、彼女が実は帝のもとにいることを知るやいなや、これまでの執拗さとはうって変わって、不可解なまでの潔さを見せる。そして、来るべき将来の彼女の幸福を願いつつ、ひたすら死に向かって衰弱してゆくのである。その際に選び取られる彼の死地が、時節こそ雅経詠のような「秋の夕暮れ」ではないが、長楽寺という、この物語における「葎の宿」に設定されている点はやはり押さえておきたい。

今はとてあくがれ出づる魂も君が宿にはやすらひやせむ　（202）

大将の辞世の歌である。女君がかつて暮らした「君が宿」への、死後にも及ぶ執着を詠むこの歌は、「葎の宿」という題号の担う物語のテーマが、継子としての女君のみならず、悲恋遁世の主人公である大将にも与えられていることを証しているのではないだろうか。[15] この物語の持つ継子物語的な側面を否定するものではないが、『葎の宿』という物語が、伊勢物語的密通譚を介して、「しのびね型」の系譜に連なる物語であることを確認して、本章の結論としたい。

【注】

（1）その嚆矢は、主人公である狭衣による詠歌中の歌語をその題号とした『狭衣物語』あたりに求められると考えられるが、『狭衣』の場合は、むしろこの物語の流行こそが、「狭衣」という歌語の定着を招いたという側面が大きいと思われるのに対して、いわゆる中世王朝物語の題号に用いられる歌語については、事態はむしろ逆と考えられる。

（2）辛島正雄「『むぐらの宿』について」（『中世王朝物語史論下巻』笠間書院、平成13年）。本書で引用する辛島論文は全てこの論考を指す。なおこの論文は、『葎の宿』を本格的に論じた殆ど唯一のものであり、本章の議論は、注記した点以外についても、多くの学益を蒙っている。

（3）前掲注（2）論文。

（4）常磐井和子「散逸物語『むぐら』の一本」（「学習院大学国語国文学会誌」昭和54年3月）。

（5）中野幸一『物語文学論攷』（教育出版センター、昭和46年）。

（6）吉山裕樹「葎の宿――『伊勢物語』三段の歌をめぐって――」（「国文学攷」昭和55年9月）。

（7）平野美樹「「荒れたる宿」考――『蜻蛉日記』における「主観的真実の背景」――」（「中古文学」平成11年5月）、三田村雅子「〈門〉の風景――額縁・枠取りとして――」（『枕草子　表現の論理』有精堂、平成8年）などの論考に詳しい。

（8）第六章、第七章において、この点について考察している。

（9）片桐洋一『歌枕歌ことば辞典』（角川書店、昭和58）。

（10）久保田淳・馬場あき子編『歌ことば歌枕大辞典』（角川書店、平成11年）。

（11）④以降の三首の成立時期については、『葎の宿』の成立以降となるが、和歌史における「葎の宿」という表現類型の、その通時的な連続性を確認するためにあえて取り上げた。

（12）『新編国歌大観』の検索結果による。18例の歌番号と、私家集以外のものについては作者名を以下に掲げる。（後成女58、光経377、柳葉95、後鳥羽790、為家414、為家千首396、同429、為家五社百首318、新撰六帖2091・家良、同2259・信光、同2371・家良、和歌所影供建仁元年八月117・忠良、影供歌合建長三年九月70・公相、百首歌合1487・民部卿、洞院摂政家百首1615・為家、同1635・範宗、宝治百首2044・家良、同2872・小宰相）

なお、『伊勢物語註』（徳江元正編、三弥井書店、昭和62年）は、『伊勢』三段の歌に、「思ひあらば玉の台もかひなしや葎の宿にまさるべきかな」との引歌を掲げるが、出典不明である。

（13）この後鳥羽詠の本歌は、「横笛」巻の、一条御息所の詠歌「露しげき葎の宿にいにしへの秋にかはらぬ虫の声かな」である。実は、この歌ともう一首、「思ひきや葎の宿を行き過ぎて草の枕に旅寝せんとは」という、『狭衣物語』巻三の狭衣詠とが、「葎の宿」の成句を含む歌の例として加わる。これらについては、和歌史においては、さほどの影響力を持ち得ていないものと見なして、本稿では考察の対象としなかった。しかし、『源氏』の例については、再考の余地を残しておきたい。

（14）誤解のないように言い添えておくが、ここでは「しのびね型」物語と雅経の詠歌との間にある発想の類似について論じているのであって、その直接的な引用関係を論じているのではない。

（15）やはりこの物語の題号は『葎の宿』とすべきだろう。「宿」の一語の持つ意味は大きいと思われる。既に辛島氏によって主張されていたことでもあり、その意味で、現在もっとも入手しやすいテキストと考えられる、『中世王朝文学全集』（笠間書院、平成13年）が、『むぐら』の書名で刊行されたことは疑問である。

第三章　「しのびね型」試論

一　はじめに

娘の入内立后をめぐって、帝の外戚たらんと複数の権力者が凌ぎを削る姿を、繰り返し中世王朝物語は形象化している。堂々と営まれる内裏と、帝を取り巻く複数の女御・更衣という存在は、中世の帝の後宮を取り巻く現実とは全く異なった次元にあるのだが、まるでそれは中世の物語にとっても必須の要件であるかのようだ。王朝物語の圧倒的な影響下にありながらも、平安中期の物語盛時にはなかった「しのびね型」という話型が、平安末期に登場し流行する。「しのびね型」物語もまた、主人公女君の入内立后をめぐる典型的な物語の一つである。

中世王朝物語とは、平安中期のいわゆる王朝盛時の物語を模倣し制作された物語を意味する。従って、その作品世界も自らが成立した時代の社会や制度とは、基本的に無関係のものとして設定されている。あるいは、そのような現実からの逃避にも似た営為の産物こそが中世王朝物語だとも言えるのだが、一方で、中世的な社会構造の変容という現実に対する等価物を、その虚構の作品世界から積極的に読みとり、抽出しようとする議論が行われてきた。例えば、中世王朝物語の多くが父子関係によって構造化されていることを指摘し、物語文学史における父系継承を原則とする中世的な「家」意識の到来を論じた神田龍身氏による一連の論文がその代表だろう。神田氏によれば、父子間の熱き絆を語ることによって、父系によって継承される「家」の存続を確認していくことこそが、中世王朝物語のテーマの一つであり、「しのびね型」はその典型例の一つに数えられる。[1]以来、「しのびね型」と「家」の関係を問う議論[2]や、さらには、物語世界内の「家」同士の対立関係を政治的に読み解き、ある特定の登場人物の属する「家」の隆盛や没落を論じることまでもが一般化する趨勢にある。

しかし、中世的な「家」の対立・葛藤の問題を、あくまで平安中期的に装われた後宮を舞台とする摂関家的対立の分析から論じる為には、個々の物語が準拠しようとした世界観の枠組みをどのように認識するのかという手続き上の問題がある。平安朝の物語を論じるのであれば、物語世界内の現実と歴史的な現実という二つの次元を想定すればよい訳で、物語の歴史離れ、つまり虚構と歴史の間に生じる緊張関係を重視するにしても、その関係はそれほど複雑なものとはならない。それに対して、中世王朝物語の場合は、物語世界に対応する歴史的現実が失われてしまっているのであり、事態はやや複雑である。その物語世界を支える基底にあるものが、中世の「家」をめぐる現実だとしても、その現実を否認することによって培われた世界観、換言するならば、既に失われてしまった王朝そのものではなく、その代償物としての理想の王朝時代をどう再現するべきなのかという世界観こそが、中世王朝物語の世界を直接的には構築していると考えられるからである。[3]従って、中世王朝物語内に描かれる摂関政治的な帝と「家」の関わりの検討から、そのような理想の王朝時代に関しての世界観の見取り図、つまり世界観の文法の一端を抽出することが先ずは課題となる。中世的な

「家」の問題とは、その抽出された世界観との偏差の問題としてのみ初めて問うことができるのである。また、現実の失われ方が当然ながら一様でないように、その再生の方途も一様ではないことが推測される。中世王朝物語と言うと、王朝憧憬の精神なる評語が云々されるのだが、個々の「憧憬」の内実の同一性が無前提に保証される訳ではない。本論が、話型を共有する作品にその論述対象を限定するのは、物語構造の類似に対応する、なにがしかの共有される想像力の基盤のようなものを想定したいからである。以上の観点から、本章では個別の物語が示す主題や、作品の質的達成については一切問題としていない。

本章の目論見は、「しのびね型」物語における後宮を中心とした人間関係の特質を、前代の物語との類似と差異に留意しつつ、女主人公像の変容を跡付けることによって検討することにある。そのことによって、ある意味で不可視の中世王朝物語の世界観の一端を、間接的に可視化する試みとしたい。

二　古本『しのびね』の位置づけ

本節では、「しのびね型」の代表作である『しのびね』の改作問題を基点に、その改作過程に孕まれた女主人公像をめぐる重要な相違について検討したい。『しのびね』の現存本は、鎌倉末期から室町時代にかけて成立したと考えられている改作本である。一方、古本は寿永元年（一一八二）成立の『月詣和歌集』にその名が記されていることや、その他の外部徴証から、平安後期から平安末期にかけての成立が推定されている。従って、古本と現存本との間には百年以上の時間的隔たりがあることになる。現存する他の「しのびね型」の諸作品の多くは、『しのびね』古本と現存本との間に挟まれた時期に成立しており、従って、その改作過程に横たわる溝と問題点を明らかにすることは、他の物語を考察する際の里程標となるだろう。現存本の梗概を紹介する。

嵯峨野の山里に母尼君と暮らす女君は、時の権力者内大臣の息である四位少将公経によって見出される。少将の乳母子の家に移り住んだ女君は、間もなく懐妊し、若君をもうける。しかし、少将の不在を機に、彼女の存在を疎ましく思う少将の父内大臣によって若君を奪われ、追い出されるように家を出ることになる。その後、女君は知人の典侍を介して、宮中に出仕するが、そこで思いがけず帝の目にとまることになり、寵愛を受け皇子を出産、さらには中宮・女院となる。一方、少将は女君の行方をさがすが、宮中にいることを知るに及び、その絶望から横川の地で出家遁世を果たす。二人の間の若君は後に出世し、父を横川に尋ね再会する。

山里やあるいは都の荒廃した邸宅に住まう、いわば経済的・制度的な庇護者である「後見」を欠いた女たちの問題について、加藤洋介氏は、「「後見」の欠如は、『源氏物語』へと至る物語史における、類型的な発想の一つであった」とし、「宇津保や落窪といった「後見」が補完されないまま姫君がさすらう物語では、夫――すなわち親に代る「後見」を獲得する過程自体」が、物語の主題であると論じた。(4) このような物語史的な視点から「しのびね型」と呼ばれる中世王朝物語群を眺めたとき、そこに奇妙な屈折があることに気づかされる。不遇の女君が、貴公子である男主人公に見出されるが、様々な障害によって離ればなれとなる。女君は後に宮中に出仕し思いがけず帝の寵愛を受け、中宮・女院となり栄華を極める。一方の男主人公は、悲嘆の中に出家遁世、または死去してしまう。このような典型的な筋書きを共有する物語群を、「しのびね型」物語と称するのだが、現存する作品では、『しのびね』『葎の宿』『いはでしのぶ』『石清水』などがこれに該当する。王朝盛時の物語の中で、流浪する女君の救出者であった男主人公は、「しのびね型」の中では、悲劇的な最期を迎えてしまう。「しのびね型」が悲恋遁世譚とも呼ばれる所以である。一方、女君にとっての最終的な「後見」の役割は帝によって肩代わりされているかのように見える。時代の推移に伴って、流浪の女君への「後見」をめぐる想像力は、帝を中心軸として、単線的な後見の獲得という物語から確かに変容しているものと思われるのだが、先ず問題としたいのは、その女君の異数の栄華なるものの内実についてである。

『しのびね』の現存本と古本との間には、現存本では、女君が入内立后し女院となり栄華を極めるのに対して、古本ではその最終官職が、『風葉集』の詞書に拠る限り「尚侍」である点など、女君をめぐる結末の状況に関して相当な相違点のあることが知られている。神野藤昭夫氏はこの結末に対して、古本『しのびね』の主題が、恋の悲嘆に忍び泣く女君をえがくところにあるとする立場から、「古本では、帝と結ばれたことはまちがいないにしても、ここまでのとってつけたような栄耀は語られていなかったのではないか。これまで仮説的に推論を加えてきた古本の〈しのびね〉的主題の存在からすれば、女君のことさらな栄耀はなじまないものがある」と論じる。[5]「しのびね型」の構成要素の一つである、女君の栄華という点に関しては、古本の段階では極めて不十分であったということになるのだろう。

さて、ここで議論の俎上に載せたいのが、天喜三年（一〇五五）の作とされる散逸物語『玉藻に遊ぶ』である。この物語は、『風葉集』に十三首の和歌が採録され、さらに『無名草子』でも論評されており、平安・鎌倉を通じての人気作であったことを伺わせる。中でも、蓬の宮なる人物については、『無名草子』に、

物語にとりては、蓬の宮こそいとあはれなる人。のちに尚侍になりて、もとの大殿にいだしたてられたる、ひろめき出でたるほどこそ、いと憎けれ。（80）

と、主人公の権大納言を差し置いて論評されており、その境遇に対する関心の高さが伺える。この物語の詳細な復元考証は神野藤氏の所論[6]に譲るが、この女君は、主人公の権大納言に不幸な境遇から救出されたのち、「もとの大殿」なる人物によって尚侍として帝に出仕させら

れたらしい。帝と臣下の男との板挟みの三角関係。不本意な宮中への出仕と帝からの寵愛。ここには、「しのびね型」の女君を構成する要素のあらかたが、結末を除けば揃っていることになる。加えて、蓬の宮は「宮」とある以上、王統に連なる存在であることが想定されるのに対して、古本『しのびね』の女君も中務宮の娘として設定されている。また「尚侍」という最終的な身分上の共通点までを加えれば、古本『しのびね』との類似は一層明瞭となるだろう。さらに、蓬の宮は帝と権大納言との関係に悩んだ末、出家を遂げたことが明らかなのだが、やはり現存本『しのびね』にも、女君の「いかなるひまもあらば、髪をそぎおとしてばや」との出家への強い思いが描かれている。このような設定が古本にもあったものかどうかの確証はない。が、神野藤氏の述べる古本の主題性の問題から言えば、女君の悲劇的な状況を強調することになるこの挿話が、改作過程で付加されたとは考えがたい。以上のように、古本『しのびね』と散逸『玉藻に遊ぶ』との間には、強い影響関係を想定しうるのだが、この両物語の女君とも、帝の寵愛による思いがけない栄華などという展開からは、ほど遠い人物造形がなされていることが分かるだろう。しかし、強力な後見を持たずに出仕し帝寵を受けることになる女君の栄華・栄達なるものの限界は、本来この程度のものなのではないだろうか。

例えば、『源氏』「桐壺」の中で、桐壺更衣を孤立させ死に追い込んだ後宮事情を想起されたい。益田勝美氏は、「帝が、ただひとりの権勢の後盾のない桐壺の更衣に対する純愛に生き抜こうとするのは、摂関・大臣家から出ている諸后妃たちへの適当な愛の分配を妨げ、ひいては、彼女たちの父兄に外戚たるの望みを断念させる意味をもっていた」と論じ、桐壺帝の更衣に対する寵愛という一見私的な行為が、実は摂関政治に論理に支配された後宮事情と不可分にあることを指摘していた。(7) 帝と言えども、自分の愛情のみを全てに優先させることのできる権力者ではあり得ないという、現実に対する真摯な認識がその根底にはある。「桐壺」巻とは、後見のいない女君が必然的にたどらなくてはならない運命が、後宮を背景に展開されているのだと言えるだろう。靫負命婦が弔問に訪れた更衣の里は、「草も高くなり、野分にいとど荒れたる心地して、月影ばかりぞ、八重葎にもさはらずさし入りたる（一・21）」と、その荒廃ぶりが語られていた。勿論、このような描写は第一義的には、愛娘を失った母北の方の心象風景として理解されるべきだと思われるが、父という有力な後見を失った桐壺更衣の境遇を端的に象徴させる道具立てでもあるのである。

帝寵愛の女君を、あくまで尚侍という身分にとどめた古本『しのびね』や『玉藻に遊ぶ』にも、『源氏』と同様の後宮をめぐる摂関政治的な現実が横たわっていると考えられる。古本『しのびね』に、恋の悲嘆に嘆く女君の主題が想定される背景とは、そのような現実に支配された帝の後宮事情であろう。一度は男主人公に救出されることによって後見を獲得した女君にとって、その後見役が帝に肩代わりされていくという展開は、必ずしも喜ぶべきものとはなりえないのである。その点で、女君の栄華が帝によって達成されることを必須要件とする現存本『しのびね』と古本とは、素材にこそ共通点を示すものの、決定的に隔たった世界観によって構成されているのであり、その断絶をこそ確認しておきたい。大槻修氏が、『しのびね』の現存本について、「その詞章、構想、主題等の幅広い面にわたって」の「相当程度の意図的改作」を推測しているが[8]、その改作過程には、帝とその後宮とに関する根本的な世界観の変更という、深く越えがたい溝が刻まれているのである。

三　帝と臣下の関係 ——現存本『しのびね』——

改作や話型の変容については、それぞれの作品の創意工夫、あるいは時代の好尚といった問題に議論が単純化されがちだが、その個別要素の変容と作品世界全体の世界観との関わりが、関わりは無いという結論も含めて、問われることがあまりに少ない。その意味で、現存本『しのびね』という作品は、従来より指摘されている帝の後宮事情をめぐる矛盾点の存在を通じて、女君の栄華を達成させるという部分的に見える改作の試みが、帝の後宮をめぐる世界観の変質をも伴っていることを垣間見せてくれる点で重要である。

物語の冒頭部分、定型通りに主人公少将が紹介されるのに引き続き、「御妹は春宮の女御、桐壺にておはします[10]」と、彼の妹が既に春宮を儲け桐壺女御として入内していることが語られている。帝には他の女御や更衣は入内していない。桐壺女御の地位は、少将と女御の父である内大臣家の威勢ともあいまって確固としてゆるぎないものとして描かれているし、帝との間にも問題があるとは一切書かれていない。一方の女主人公は、父の中務宮は既に亡く、母尼君とともに、知友の典侍の局に身を寄せる他ない身の上である。二人には歴然とした格差があるのだが、物語の終盤で唐突に、後見も何も持たない女主人公の方が立后してしまう。

明くる春、若宮をさへ生み奉り給へば、いまだ皇子もおはしまさぬことを、口惜しく思し召すに、いとうれしく思し召されて、御幸ひのめでたきことかぎりなし。やがて承香殿の女御と聞こゆ。若宮は二つにて春宮に居させ給へば、女御、后に立ち給ひぬ。中納言の御妹、桐壺の御方こそ、御身の勢ひといひ、上の覚えならびなかりしかば、若宮も出でき給はば、うたがひなき后にこそたち給はんずると、世人も思ひ、殿も思しつるに、「覚えぬ人にはかに出できて、かくおされぬること」と、口惜しく思しわびたり。(97)

物語冒頭で「春宮の女御」と紹介されていた桐壺女御には、「いまだ皇子もおはしまさぬ」とあることからも明らかなように帝との間に皇子が誕生しなかったことにされているのである。そして、帝には皇子が全く存在していないことにされ、その帝との間に貴重な子を儲けたからこそ、女君が立后したという説明になっている。この皇子の有無に関する記述の矛盾について、神野藤氏は、これが単なるケアレスミスではなく、「冒頭部の古本への凭れかかり」と「当該部分の古本によらない後補性をあらわす」(9)ものと指摘する。現存本三系統の比較から、物語の前半部分には殆ど異同がないのに比して、少将が絶望する物語の後半辺りから異文が増加するとする大槻氏の調査結果(10)からも、首肯すべき見解と思われる。

しかし、この引用箇所に関しては、単に古本『しのびね』の主題や実態を推測させる傍証となるだけにとどまらない問題があると考えられる。特に、傍線箇所の記述に注目したい。ここで物語は、桐壺女御が立后できなかった根本的な原因を、運悪く皇子が誕生しなかったという点にこそ求めているのであり、女君への一方的な寵愛のみが桐壺女御を圧倒し、女君を中宮という地位へ導いたのでは決してないこと、つまり女君の立后があくまで異例な事態にすぎないことを暗黙のうちに語ってしまっているのである。従って、ここでぜひ強調しておきたいのは、『しのびね』の現存本が、帝の後宮事情を一切考慮していない訳では決してないという点である。現存本が、平安中期の摂関政治的な現実から乖離した、文字通りの絵空事の物語であるとすれば、古本との矛盾を犯してまで、桐壺女御に皇子がいないという点にわざわざ言及する必要がないからである。誤解の無いように言い添えておくが、この言及自体が意図的なものであると主張したい訳ではない。しかし、思わずなされてしまった矛盾する記述から、女君の立后という異例な事態に対して、この物語なりの整合性を図りたいという、無意識の拘りにも似た意志を読みとる必要があるだろう。

現存本『しのびね』についても、女君を尚侍という地位にとどめた古本『しのびね』と同様に、ある意味で帝をめぐる後宮事情に極めて自覚的であったことが伺えるのだが、より正確に換言するならば、現存本においては、帝の後宮をめぐる葛藤は全く想定されていないのではなく、想定されているからこそ予め隠蔽されてしまっているだと言える。それが、改作の杜撰さの為に、露呈してしまったと理解しておきたい。従って、『しのびね』の改作過程において真に矛盾と称すべきは、帝の後宮をめぐる摂関政治的な枠組みを手放さずに、後見のない女君の栄華を実現させるという、この物語になされた改作の試みそのものなのである。

しかし、その隠された葛藤を過剰に重視して、物語が作中世界で志向している人間関係の構図と、否定された可能性に過ぎないものとを混同することは慎むべきだろう。例えば、大倉比呂志氏は、女主人公の立后と桐壺女御の処置について、「桐壺女御への寵愛の衰退は内大臣の女主人公への〈いじめ〉に対する〈報復〉に匹敵しよう」[11]と論じるが、あくまで物語は寵愛の衰えの原因を、女御に皇子のいなかった点にのみ求めているのであり、それ以上のものではない。また、伊井春樹氏も、

内大臣がかつて夢に描いていたような、桐壺女御の立后、皇子は天皇に即位し、中納言は重臣として政治的な権力を振るう、といった構図は、すっかりしのびねの姫君にとって代わられたという展開になっていることを知るであろう。[12]

と、摂関政治的な権力構図に注目した上で、「内大臣家の悲運」を強調する。しかし、内大臣の個人的な意識の問題を別とすれば、少なくとも彼を取り巻く政治的状況に、「悲運」と称するほどに劇的な変化は、結局何も訪れないのである。確認しておこう。

確かに帝の外戚たらんとする内大臣の夢は潰えたかもしれない。しかし、代わりに立后した女君に何の後見も設定されていない以上、彼の対抗馬として他家の誰かが名乗りをあげるわけでもない。内大臣に「とって代わ」るような政治勢力は存在しないのである。また、跡継ぎの少将が出家遁世してしまうという不測の事態の為に、内大臣家は文字通り存亡の危機に一時は瀕する。しかし、この危機にしても、少将と女君の間の若君という存在が、内大臣家を継ぐことになり結局は解消されるのである。さらに言えば、この若君を通じて、再び帝との姻戚関係までもが回復される。しかも女君と帝の間に誕生した第一皇子が次代の帝となる為に、内大臣の孫と次代の帝とは異父兄弟の関係に立つことになる。内大臣家の威勢は全く衰えることがないのである。

現存本『しのびね』の後宮を中心とした人間関係を整理するならば、いわゆる摂関政治的な帝と臣下の結びつきという枠組みが、帝の女君に対する独占的寵愛と立后とによって解消されてしまうように見えるものの、それが当の女君の存在によって事後的に回復されるのだとまとめることができる。重要なのは、この摂関政治的枠組みの危機から回復へという過程の全体であり、その結節点に位置する後見不在の女君という存在に拠って、全ての秩序が回復される点にある。それにしても、後見を全く持たない女君が立后し国母となってしまうという展開は、あまりに非現実的である。改作本の成立時期がかなり下るであろう点から考えても、そこには剥き出しの話型が投げ出されている感が強い。次節では、他の「しのびね型」物語について同様の観点からの検討を加えることによって、『しのびね』古本と現存本との間隙を穴埋めしておきたい。

四　帝と臣下の関係 ──『葎の宿』──

十二世紀半ばの成立とされる『葎の宿』について検討してみよう。作品前半に大部の散逸部分を持つ為、その作品全容の理解が妨げられているが、この物語が典型的な継子物語の結構を備えていることは、先学により指摘済みであり[13]、また前章でも既に言及した通りである。議論の前提として、本節の論述に必要な要素のみを抜き出して梗概を紹介する。

内大臣の先妻の娘である主人公の女君は、継母に疎まれて大原の葎の宿に妹とともに暮らしている。それを主人公の大将と春宮が見出す。妹の方は入内し春宮御息所となり、姉の女君と大将の間には女子が誕生する。しかし、大将の継母による激しい迫害を受けて、女君は宇治への隠棲を決意する（以上散逸部分）。妹に別れを告げる為、宮中を訪ねた女君は、偶然に彼女を見初めた帝によって取り込められる。女君への帝寵は厚く、やがて懐妊し皇子を出産する。一方大将は、女君を失ったことへの悲嘆から死去してしまう。帝は退位し、春宮が即位すると、新たに女君腹の皇子が立坊する。やがて、その新春宮が即位すると、新しい春宮として女君妹の御息所腹の皇子が立坊する。そして、この皇子には、女君と大将との間の女子が入内する。姉妹は、それぞれ中宮・女院となり栄華を極める。

先ず、この物語の帝の後宮には、主人公の女君寵愛以前に、少なくとも弘徽殿、承香殿、登華殿の三人の女御が入内している。中でも女君の義理の妹になる登華殿は、女君の父右大臣の嫡妻腹の娘として入内しており、後見である父の身分に相応しい待遇が期待されるのだが、彼女に対する帝の態度は、「登華殿などにも、あさましきほどに情なくおはしましける（149）」と語られており、その寵は極めて薄いものである。また、帝は他の女御に対しても、女君を見初めて以来、「もとよりときめく御方々おはせざりしかど、時々参上り給ひし事も絶えたるやうにて、弘徽殿、承香殿などはいみじく親たち思し嘆くべし（175）」という状態であるとされる。現存本『しのびね』に比して、女御たちを後見する親の思惑を全く顧みない強権的な帝像が、より強調されている点が確認できるだろう。

また、帝の弟である春宮の後宮には、男主人公である大将の父内大臣の娘、つまり大将の妹が入内しているのだが、この妹君も春宮に疎まれて里へ戻り、ついには尼となったことが語られている。一方、この春宮の寵愛を得ているのが、やはり主人公女君の妹御息所なのである。彼女が春宮に入内した具体的な経緯については、前半散逸部分に存していたと考えられる為に一切不明なのだが、大将が失踪した女君の行方を探して、かつて姉妹が住んでいた大原の里を訪れたものの探し出すことができず、空しく帰る折の、

雪むら消えていみじく冴えたるに、春宮具しまゐらせて、これにと聞きたりし心地の嬉しさに、たとへなき心地すれば　（170）

との回顧からは、大原の山里へ春宮と大将とが連れ立って訪れるという挿話が、散逸部文に存在していたこと伺うことができる。春宮の身分で大原のような山里を訪れることが想定しがたい以上、大原訪問が行われたのは春宮の立坊以前ということになる。山里の姉妹を訪れる二人連れの貴公子、しかも一方は春宮候補となれば、『源氏』宇治十帖との類似が容易に想起される。以上のような経緯と、女君の同母妹であることを考え併せるならば、御息所に関しても、右大臣の後見を得ての正式な入内が行われた可能性は極めて低いだろう。つまり、内大臣家と春宮との関係においても、正式に入内させた娘の女御が全く顧みられないという、帝と右大臣家の関係と同様の事態が生じていることになる。

右大臣と内大臣の両家の後宮政策がそれぞれ危機に瀕しているのだが、この危機的状況はその原因となった女君自身の存在によって、最終的には解消されてしまう。右大臣の太政大

臣就任を語る一節を引用してみよう。

右大臣殿は、祖父におはすればとて、太政大臣になり給ひぬ。継母の上は、「など同じくは、登華殿の口惜しき御宿世なるらん」と世も恨めしく覚え給ふ。帝は、「我が末なくてや」と思ししに、かかる人のいでおはしたれば、たのもしく嬉しく思したり。御年三十にならせ給ひたれば、珍しく嬉しくいかでかは思さざらん。（209）

三人もの女御が入内しているにも関わらず、帝は三十歳になるまで皇子に恵まれなかった。この設定は、右大臣という有力な後見を持つ登華殿の立后がかなわないのも、あながち帝の専横によるものではないという予防線として機能している。物語は、強権的な帝の姿を語りつつも、そこから後宮の秩序が一直線に崩壊してしまう過程は決して描かないのである。さらに、右大臣は偶然に帝の寵愛を受けた女君の父であったにすぎないのだが、女君所生の皇子の祖父であるという理由で太政大臣に任命されることによって、登華殿を通じて得る予定であった地位を結果的に獲得することに成功する。内大臣家についても、春宮の後宮政策に挫折し、長男の大将も死去するに及び、いったんは危機的な状況が訪れるかのように見える。しかし、内大臣には大将以外にも跡継ぎである若君の存在が設定されている上、春宮との外戚関係についても、春宮が即位した後、その若宮に大将と女君所生の姫君が入内し時めくのであり、結果的に当初の目論見は達せられることとなる。

以上、『葎の宿』における帝と右大臣家、春宮と内大臣家という二つの姻戚関係を検討してきた。現存本『しのびね』とは異なり、当初は継子として見捨てられていたとは言え、女君たちには右大臣という実父が後見として設定されている。その点で、現存『しのびね』よりは、合理的な解釈を施す余地の多い物語であるとは言えるだろう。しかし、大原の山里の姉妹がそれぞれ中宮、女院にまで栄達するのは、後見である右大臣家の力によるものではない。彼女たちが結果として右大臣家の人間であった為に、右大臣家の安泰は保証されるにすぎない。また、大君に関しては、彼女が帝の寵愛を受ける以前に、内大臣家の大将との間に子を儲けていたが為に、内大臣家の地位も揺るぎのないものとなるのである。つまり、大君は右大臣家の娘であると同時に、内大臣家に子をもたらすいわば「嫁」でもあるという二重の属性を負うことによって、帝・内大臣・右大臣という三者間の円満な結合を、その身一つで劇的に演出してしまうのである。

摂関政治的な枠組みに関して、現存本『しのびね』と同様の構図が『葎の宿』にも確認できることを確認してきた。これらの物語では、女君の栄華と後見の役割についての因果関係が逆転してしまっており、摂関政治的な論理は実際には破綻している。にも関わらず、帝と臣下との間の深刻な対立は注意深く避けられてもいる。論理が破綻しているからこそ、枠組みだけは絶対に遵守されるのだと言い換えても良いだろう。従って、「しのびね型」に描かれている摂関政治は、歴史的な対応物を持たない、いわば偽装された摂関政治であり、この不可解な摂関政治の枠組みそのものが、理想の王朝時代という物語として構築されていると見なすことができるのである。

破綻と言い、偽装と述べたが、しかしそこにはまた、帝と女の関わりが、女の生家のみにではなく、婚家にも栄華をもたらすという新たな想像力の萌芽をも垣間見ることができる。勿論、この場合の婚家とは便宜的な呼称であり正式な婚姻関係を意味しない。しかし、「しのびね型」において、男と女君との間の子が常に父方に所属し、その父子の絆の確認こそが重要なテーマであるという神田氏の指摘[14]を考えれば、女君にとって男の「家」とは、事実関係はともかく、婚家と表現するより他にない存在である。後見を持たず流浪する女君の物語が、平安中期の物語である『源氏』の紫上や『落窪』の女君のように「夫」という後見を得ることによって終わるのでも、あるいは『狭衣』の飛鳥井女君のようにさらなる流離を強いられるのでもなく、帝の寵愛を得なくてはならない理由の一端はここにあるだろう。正式な婚姻関係からは阻害され、流浪していたからこそ、男主人公と帝とを円滑に媒介できるのだと表現した方がより適切かもしれない。「しのびね型」の女君は、「夫」という後見と帝とを強固に結びつけ、「夫」の「家」に幸いをもたらすのである[15]。

五 「しのびね型」の世界観

摂関政治的な帝との結びつきという現実が既に失われている時代に、にも関わらず帝と臣下との滑らかな結びつきを王朝風に偽装し再構築したものが「しのびね型」であると理解しておきたい。その偽装の下にある、摂関政治的枠組みを構築するための文法を、帝との関係に限定して最も単純化させた形で示すと、「女（妻）を帝に一方的に奪われてしまった男（夫）に、その女を介して結果的に幸いがもたらされ、帝との絆が深まる話」となる。しかし、このようにまとめた際に、さらなる疑問として浮上するのは、男の悲恋遁世という設定の必然性についてだろう。男の悲恋遁世という悲劇的な結末こそが、女君の栄華をより荘厳するのだという説明ではもはや説明にならないのは明らかだ。その問題を考えるために、「しのびね型」の流行と踵を接する時期に作られた、もう一つの物語を介在させてみたい。

『葎の宿』や『石清水物語』などが成立した十二世紀中葉とは、治世で言えば後嵯峨院の時代に当たるのだが、その後嵯峨院の姿を描く『なよ竹物語』（鳴門中将物語）がその物語である。院が蹴鞠遊びの折に見初めた女を、蔵人に命じて探させてみると、「なにがしの少将」の妻であることが判明する。女は院の召し出しをいったんは拒むものの、ついには要求に応じ、夫の少将はそのことによって中将へ昇進するというのが、その内容であるが、注目すべきは、物語末尾の次の一節である。

およそ君と臣とは水と魚とのごとし。上としてもおごりにくまず、下としてもそねみみだるべからず、もろこしには、楚の荘王と申す君は、寵愛の后の衣をひくものをゆるして情をかけ、唐の太宗と申すかしこき御門は、すぐれておぼしめしける后をも、臣下の約束ありとて、くだし遣はされけり。我が朝にも、かかるふるきためしもあまた聞こえ侍るにや。今の後嵯峨の御門の御心もちゐのかたじけなさ、かの中将のゆるし申しけるなさけの色、いづれもまことに優にありがたきためしには申し伝ふべきものをや。（406）

ここには、後嵯峨院と中将それぞれの「御心もちゐ」と「なさけ」とを、中国や日本の「古きためし」を引用しつつ賞賛し、女を互いに共有することによってもたらされる君臣和合の理想が説かれている。この箇所について、深沢徹氏は、「取って付けたような印象」で「物語内容との齟齬を来たしている」[16]と指摘する。王朝的な物語の末尾に突如加えられる説話風の評言は、確かに物語内容との齟齬をきたしているかのような印象がないわけではない。しかし、問題はこのような記述を、是が非とも付加したい物語の要請にこそある。この思いがけない出来事が、女と中将とにとって「わづらはしげ」で、悲痛に堪えない出来事であったことは、一面の真実だろう。それは確かに、宿命的な存在として立ちはだかる帝という存在に翻弄されざるを得ない臣下の悲劇でもある。しかし、この物語全体に後嵯峨院の振る舞いを非難するかのような印象は極めて薄い。現代的な価値観や倫理観では理解の及ばない、帝と臣下との有りうべき関係の一つが提示されていることを確認しておきたいのである。第一章で取り上げた『隆房集』についても、この歌集が、隆房から女を奪った当の人物である高倉院の前で披露されていた可能性が極めて高いことが指摘されている。[17] 帝に最愛の女を奪われるという悲劇と、その悲劇を語ることを介して君臣が和合してしまう場とが、矛盾せずに共存しうることを物語る重要な指摘であると考える。

しかし、後嵯峨院という帝ではなく、中将という臣下を物語の中心人物として捉え直した時、

人の口のさがなさは、その比のことわざには、「なるとの中将」とぞ申しける。鳴門のわかめとて、よきめののぼる所なれば、かかる異名を付けたりけるとかや。

と語られる、彼の昇進に対する揶揄と反感に満ちた周囲の反応が明瞭に示すように、女を帝に差し出すという行為が、周囲の共感や同情を容易に得ることができる類のものでもなかったこともまた明らかなのである。従って、「しのびね型」の物語は、男主人公にとっては、悲劇として描かれねばならない。

「しのびね型」を支える世界観とは、女を共有する臣下と帝とによる君臣和合の理想である。[18]しかし、『なよ竹物語』の例からも看取されるように、男の幸いがあまりに露骨に示されると、読者の共感を得るに足る物語とはなりえない。そこに男主人公の悲恋遁世という設定の入り込む余地が生まれてくる。同時代を舞台として、それが故に同時代人の反応を思わず物語世界内に書き込んでしまう『なよ竹物語』と、理想の王朝を紙上に再現せんとする「しのびね型」物語との決定的な違いがここに生まれるのである。『なよ竹物語』の中将と女との間に子を設定し、中将を悲恋遁世させれば、それは「しのびね型」物語に他ならないだろう。つまり、帝と臣下との絆が深まる過程を時間的に引き延ばす、つまり臣下の役割をさらに父子という二世代に分割し、父は悲恋の主人公の役割のみを担うのである。そして、このことによって、父子継承という「家」の物語が結果として立ち上がってくる構造になっていると考えられる。「しのびね型」における「家」という問題系も、かかる視点からの再検討が求められるのではないだろうか。

【注】

（1）神田龍身「仮装することの快楽、もしくは父子の物語――鎌倉時代物語論――」（『物語文学、その解体』有精堂、平成4年）をはじめとする、同著書内の一連の論考を指す。

（2）近年のものを挙げれば、助川幸逸郎「「白鳥処女譚」から「しのび音型」へ」（『中古文学論攷第20号』武蔵野書院、平成12年）、西本寮子「「家」の物語の時代」『中世王朝物語・御伽草子辞典』勉誠出版、平成14年）など。

（3）例えば、該当期の物語に頻出し、しばしば議論の対象となる歴史上の「女院」なる身分の物語における形象化についても、「現実には多様な女院が存在していたにも関わらず、鎌倉物語はストイックに帝の「母」であることに由来する「本質」的な女院のみを「女院」として描く一方、現実には女院として待遇される皇女については「一品宮」として描く、というように、物語流の描き分けの文法があるようだ」と足立繭子氏が指摘するように（「いはでしのぶ」『中世王朝物語・御伽草子辞典』）、歴史的事象の中世王朝物語への影響を、単純に云々すればよいものではない。

（4）加藤洋介「「後見」攷――源氏物語論のために――」（『名古屋大学国語国文学』、昭和63年12月）。

（5）神野藤昭夫「『しのびね物語』の位相――古本『しのびね』・現存『しのびね』・『しぐれ』の軌跡――」（『散逸した物語世界と物語史』若草書房、平成10年）。

（6）神野藤昭夫「散逸物語『玉藻に遊ぶ権大納言』の復元」（前掲注（5）著書）。

（7）益田勝実「日知りの裔の物語――『源氏物語』の発端の構造――」（『火山列島の思想』ちくま学芸文庫、平成5年）。

（8）大槻修「しのびね物語の改作態度」（『甲南女子大学研究紀要』、昭和49年3月）

（9）前掲注（5）に同じ。

（10）前掲注（8）に同じ。

(11) 大倉比呂志「しのびね物語」(『体系物語文学史四』有精堂、平成元年)。
(12) 伊井春樹「『しのびね物語』論——現存本から古本へのまなざし——」(「詞林」、平成11年4月)。
(13) 辛島正雄「『むぐらの宿』について」(『中世王朝物語史論下巻』笠間書院、平成13年)など。
(14) 前掲注(1)論文。
(15) 岩佐美代子氏は、『讃岐典侍日記』の作者と「夫」について論じる中、典侍という職掌の持つ特質に触れ、「古来、天皇が侍臣と寵女——特に尚侍以下の公的女房——を共有する例は多い」、「廷臣は妻を天皇と共有することによって君側に親昵の機をつかみ、内廷の機微に通じる事で禁中に隠然たる勢力を築く、という処世法を内々歓迎し、妻もそれをよく心得て、夫の財政援助により誠意をつくして君寵にこたえつつ、里第に下がっては夫に満足を与える、という二重生活を、職掌上の当然として行っていたことと思われる」(「『讃岐典侍日記』読解考」『宮廷女流文学読解考　総論中古編』笠間書院、平成11年)と指摘する。古本『しのびね』の女主人公の最終官職が尚侍であること、またやはり「しのびね型」の一つである『いはでしのぶ』の伏見大君が、当初尚侍として待遇されていることなどを考え併せるならば、「しのびね型」的な三角関係の発想されてくる背景として興味深いところである。
(16) 深沢徹「鳴門中将物語」(『体系物語文学史五』有精堂、平成3年)。
(17) 生澤喜美恵「平家文化とその周辺」(『岩波講座　日本文学史第4巻　変革期の文学I』岩波書店、平成8年)。
(18) 『今鏡』「藤波の中」に、白河院の寵を得ていた六条顕房女師子を、藤原忠実が院に懇願し、藤原師実室である京極北の政所麗子の仲介によって許される話が載る。

その六条の大臣の御女の、京極の北の政所にさぶらひ給ひけるを、はじめは院に召して、宮生み奉り給へりけるほどに、富家の大臣若くおはしけるに、はつかにのぞきて見給へることありけるより、御病ひになりて悩み給ひけるを、「命もたえぬべくおぼゆる事の侍れども、心にかなふべきならねば、世に永らへ侍らむ事もえ侍るまじ。また心のままに侍らば、いかなる重き罪もかうぶる身になり侍りぬべし。いづれにてかよく侍らむ」など、京極の北の方に申し給ひけるにや、いかにも御命おはしまさむことに、まさる事はあるまじければとて、院に申させ給ひたりければ、許し賜はらせ給ひたりけるとかや。僻ごとにや侍らむ、人の伝え語り侍りしなり。（488）

院の寵姫を「はつかにのぞ」いてより、死ぬか「罪」を犯すかという二者択一の中で煩悶する忠実の姿を描くこの挿話は、本論の関心からすれば極めて興味深いものがある。同様の図式の中で、「罪」を断念し、死あるいは遁世を選択するのが「しのびね型」の男主人公たちであった。麗子に対する忠実の発言は、そのまま「しのびね型」物語の中に置かれていても違和感の無いものだろう。勿論、その違いもまた明らかである。物語の主人公ではない忠実は、重き罪を被ることも死を選ぶこともなく、白河院から師子を賜る。師子との間に誕生するのが、後の摂政関白忠通である。「僻ごとにや」との表現が端的に物語るように、この挿話そのものは事実というより、極めて物語的な位相の中に置かれていると見なすべきだろう。その位相の「しのびね型」との共通性をこそ確認しておきたいのである。

第四章　『石清水物語』の引用と話型

一　はじめに

『石清水物語』は、文永八年頃までに成立したと考えられる、いわゆる「しのびね型」の話型を持つ中世王朝物語の一つである。

摂関家の貴公子である秋の侍従は、木幡の山里で美しい女君を発見する。しかし、女君が父の隠し子、つまり義理の妹であることが判明し、二人の恋愛関係は回避される。秋の侍従の父左大臣は、帝の後宮に入れる娘のないことを嘆いていたので、思いがけず見つかったこの娘を引き取り入内を計る。しかし、彼女がすでに他の男と通じており入内させてはならないとする夢告を得て断念する。実は、秋の侍従に仕える伊予の守という武士と密通していたのである。しかし、女君が、その入内をあきらめきれない帝の計略によって宮中に奪い去られるという事件が起こり、左大臣の願いは意想外の形で実現する。一方、女君が後宮へ入ったのをきっかけに、伊予の守は彼女への思いを断ち切り出家遁世を遂げる。以上がこの物語の梗概だが、詳述するまでもなく、帝と左大臣家との関係が前章で論じた偽装された摂関政治の枠組みを典型的になぞっていることが分かるだろう。しかし、「しのびね型」の主人公の役割が、摂関家の貴公子から田舎出身の武士に移行してしまうという物語後半の展開は、この話型が摂関政治的な枠組みによってのみ、説明し尽くされるものではない点を物語っている。この伊予の守の位置づけをどのように考えるかが本章の主たる関心である。

さて、『石清水』には、この時代に成立した物語の常として、様々な先行する王朝物語の引用が見られる。本章は、この物語中になされた引用という行為と、中世的な話型（悲恋遁世譚）が成立することとが、根本的に分かちがたく絡み合っていることの指摘、及びそのような物語展開を支える構造、いわば仕組みの抽出をも目論んでいる。『石清水』という作品は、先行物語の引用に関して極めて自覚的な構造を有していると考えている。引用を取り扱うに際して、①表現のレベルで「作者」から「読者」に直接向けられたものと、②作中人物自身によって明示的に想起されているものとの区別が大事だと考えるが、『石清水』はこの②の引用を多用する作品である。つまり、様々な引用行為の有り様が、作品世界の中で明示的に語られるという特徴を有している。以下、本章ではこの②の引用について中心的に検討していきたい。

二　「引用」される「物語」

『石清水』は様々な要素を含み持つ作品であり単純な要約は難しく、「特定の中心人物を持たず多極的」な「不毛な愛の相関図」などとも評されてきた（1）。しかし、その中心的な話柄が、「秋の侍従」と紹介される摂関家の若君と彼に仕える武士階級出身の「伊予守」という二人の男による、秋の君の異母妹にあたる姫君をめぐる恋愛譚にあることに異論はないものと思われる。二人の男と姫君との間には、それぞれに近親関係・身分関係という障壁が設けられているのだが、その叙述に際してはいくつかの物語引用が見られる。その引用の性質は、その中のどれか一つの物語の人物設定や内容が決定的な影響を与えているようなものではなく、個々の場面に即して引用がなされていると考えられる。二人の男と一人の姫君による恋愛譚の展開に占める、それら引用される物語の位相について見てゆきたい。

先ず指摘できるのは、『宇津保物語』の貴宮と仲澄の兄妹恋愛譚である。秋の侍従は、木幡の地で偶然に垣間見た姫君に恋情を抱くのだが、図らずも彼女が自分の異母妹であることが判明する。このような物語展開の背後に踏まえられているのが『宇津保』である。そのことは、姫君への思いを断ちがたい秋の侍従が、姫君に「『うつほ』の絵（43）」を贈り届けていることからも明らかである。久下裕利氏はこの箇所に関して、「このような場面では、あて宮をめぐる仲澄の侍従の恋愛譚が話型として定位をもって組み入れられていることが知られるが、また伊予守と木幡の姫君との関係も血はつながっていないが姉弟として養育されていたのだから、このような兄妹の恋愛譚の変形とも言えそうで、『石清水物語』では二つがかみ合う相貌を呈するわけで影響の深さがうかがえる」と指摘している。(2)『宇津保』中の兄妹恋愛譚が、『石清水』に引用されることによって「変形」され、いわば重層化されていると言うのだが、しかし、ここで注目しておきたいのは、『宇津保』引用のあまりの露骨さである。「中納言（秋の侍従―引用者注）の御もとより参らせられたる（43）」と明記されているように、『宇津保』は「話型」というより、作品世界内で流通している一つの具体的な物語として、秋の侍従自身によって持ち出されているのである。従って、『宇津保』の引用に関しても、作品の引用関連の問題として捉えるのではなく、先ずは具体的な登場人物レベルでの「影響の深さ」について、個々に検討してみる必要があると考える。

伊予守にとっての『宇津保』の「影響の深さ」も、彼が初めて垣間見た姫君の姿が、秋の君から贈られた『宇津保』の絵を見ている姿であったことに注目して考える必要がある。(3)

『うつほ』の絵を参らせ給へるも、ことしもこそあれと思ひあはせられて、なかずみの侍従に思ひよそへ給にやと、心のうちにあんぜらるるも、「かれは何さまにもあれ、けぢかく見たてまつり給はんにも、なぐさみて過給べし。われこそ、雲のよそにだにたのむかたなき嘆はそひて、かずならぬ身一をくだくとも、さりとて、露のあはれをかくるべきにもあらぬを、何につけてか、なぐさむかたのあらむ」など思ひつづくるに　(45)

垣間見直後の伊予守の心中思惟である。『宇津保』の絵を姫君に届けた秋の侍従の心中を、「ことしもこそあれ」と忖度している以上、伊予守にとっても仲澄と貴宮との恋愛譚が既知のものであることは明らかだ。だからこそ、伊予守は自身の恋情の深さを「かれは」「われこそ」と言う、比較の形によって強調し得るのである。この場面が、伊予守の姫君への恋情の起点であることを考え併せるならば、『宇津保』の絵に触発されて相手の欲望を解読することが、自身の姫君への欲望の認識へとつながってゆく過程がここに明かされていると考えることができる。秋の侍従と伊予守との間で、まるで循環しているような姫君への思いが、久下氏の指摘される「二つがかみ合う相貌」の内実であり、それは「物語」を媒介として生じる具体的な出来事として、作品世界内において定位しているのである。

次に指摘できるのは『伊勢物語』である。姫君と伊予守とは姉弟として育てられてはいたものの、姫君の実父は秋の君の父左大臣であった。左大臣に引き取られ正式に入内の決定した後、伊予守と姫君との関係は身分違いの恋という関係に捉え直される。入内予定の姫君と、身分違いの男との密通という物語の枠組みそのものが、『伊勢』のいわゆる「二条后章段」を思わせるのだが、そのような枠組みの類似以上に重要なのは、伊予守自身によって明瞭に業平と自己との重ね合わせが行われていることである。

住給しかたをたちめぐりてみれば、おはせしままの御しつらひにて、御調度などさながらかはらず、丁のうちをみれば、ありしその夜のおまし、ふしたりし所もかはるけぢめもみえぬに、人かげもせずかいすみて、むなしきあとの俤だに残らぬをみるに、いみじうかなしくて、「春やむかしの」といひけん人もかくやと、思ひしらるる (70)

かつての姫君の居所における伊予守の感慨である。「春やむかしの」は指摘するまでもなく、『伊勢』四段の有名な業平詠である。「思ひしらるる」とあることから、入内予定で、しかもやはり「はらから」に守られて同居する姫君への恋情をかたどり強調するものとして、よりこの場に相応しい「物語」が伊予守自身によって持ち出されていることが分かる。このような『伊勢』の引用は物語中の他の箇所にも散見する。「をのこのならひは、きさきの宮をとりかくして、いのちにかふるためしなくやはある(65)」、「いかならんいはほの中の住家をも尋出て、いてかくしきこへんも、かたかるまじきゐびす心(109)」、「雲の上ならんことだに、身を惜しまず命を捨てて、みえぬ山路にもいてかくしきこへて(137)」と、「二条后章段」を思い起こさせる表現が、伊予守の発言もしくは心中思惟として繰り返し現れ、その執心の深さを漸増的に高めてゆく働きを持っている。しかし、それにも関わらず、一度は業平の先例を盾に姫君と密通しながらも、最終的に業平のように「きさきの宮をとりかく」すこともなく、伊予守は出家遁世してしまうのだが、この「変形」の問題をどのように考えるべきなのだろうか。[4]

その点で興味深いのは、伊予守の業平引用と呼応するかのように、秋の侍従も「二条后章段」を引用していることである。

むかし今にためしなきにもあらず、関守つよき道ならねば、さすが心やすかりなんを、

いかにせましと忍びがたくて、ひたぶる心もすすみいづ（83）

「関守つよき道ならねば」は、『伊勢』五段の「人しれぬわが通ひ路の関守はよひよひごとにうちも寝ななむ（137）」を踏まえた表現であろう。『宇津保』的な兄妹恋愛譚という枠組みの中では、絶対の禁忌として秋の君の姫君への思いを縛っていた兄妹であるという条件が、二条后物語の枠組みの中では、密通を可能とする条件へと転化しているのである。

　登場人物自身によって、様々な「物語」を明示的に引用させることで『石清水』という作品が露わにしているのは、「物語」の引用という行為が、実は常に特定の解釈を欲する者の論理によって方向付けられているのではないかという、物語解釈に関わる方向性や力学と言った問題系の存在である。『石清水』という作品では、引用される「物語」は、その物語内容を規定したり、あるいはずらしたりするものでも、登場人物の行動を規定したりするものでもなく、常にその思惟や行動の理由付けや正当化として機能している。と同時に、「物語」は常に伊予守と秋の侍従という二人の男によって「引用」されているのであって、決して姫君によってではないことも併せて確認しておきたい。

三　「罪」を語る「物語」

前節で検討した、作中世界において流通し「引用」されている二つの「物語」とは、一方は近親相姦、一方は王権侵犯という相違はあるものの、ともに何らかの「罪」を犯す「物語」であるという点では共通している。長谷川政春氏は、『石清水』における「罪」の問題に関連して次のように論じている。

> 『石清水物語』は、王権物語や罪のモチーフから解放されている。王権物語とは同時に王権侵犯の物語でもあるわけだが、伊予守と木幡の姫君の密通事件はそれだけの衝撃力をもっていない。とにかく、政治的争いは皆無である。秩序が壊されることはないのである。（中略）罪にしても、秋の侍従が木幡の姫君の寝所に押し入って袖まで握っていたのに越えずに異母兄妹の恋を忌避している。異母妹と知らずに一線を越すか、知っていても越えてしまうかすれば、罪の主題は浮上してくる。伊予守では、前述したように、擬制的姉弟であり、状況であるため、そのモチーフは弱められてしまう。つまりこの物語は罪の主題を孕まないということか。[5]

『石清水』という作品の持つ性格についての本質的な指摘として首肯すべき見解である。しかし、前節で確認したように、そのような「罪」の「物語」が、作中人物自身によって、わざわざ明示的に引用されていたことを考慮すれば、罪のモチーフからの解放と評されるものの水準については再考の余地がある。「罪」の有無は、作品自体が孕む主題や構造の問題として単純に片づけることはできない。作中世界で具体的に「物語」を引用することによって、読者に対して積極的に「罪の主題」の所在をほのめかしつつも、最終的には「罪」を回避してしまうという、奇妙に屈折した物語の姿勢をこそ問題にするべきなのである。前節での議論を参照すれば、そこにも当然「物語」を解釈することに関わる、様々な力学や方向性などの問題が関与していると考えられる。

例えば、物語前半部の秋の君と伊予守との対面場面である。

火をうちながめたるけしき、いひしらず、おもふこころありげに見えて、をかしきことなどうちみだれての給ふには、あい行づきたるかたちにてうちゑみなどすれど、下とけぬここちするを、かしこき人の御目には、思ふ心にあるべしとみとがめ給ふ。「おさなくより、うとからずおひいでて、かぎりなきさまをほのかにもみそめては、をとこの身とむまれながら、いかなるひじり成とて、こころにかからぬやうはあらじ。おほけなくあるまじきことと、わがこころをいましむるくるしさは、まさるにやあらん」など、おもひよせられ給ふに、身のほどにあはず、めざましとはおぼえ給はで、ちからなきこの

よひとつの事にはあらじなど、おもひゆるされ給（72）

この二人は極めて親密な主従として語られていたのだが、伊予守の普段とは異なるよそよそしさに接して、すかさずその理由を類推してゆく秋の君の心中思惟に注目したい。秋の侍従は、伊予守の抱える姫君への恋情の激しさにすぐさま想到する。入内が既に決定しているという事情に加えて、彼の属する関白家にとってこの姫君が唯一人の后がねであることを考え併せれば、そのような伊予守の感情は、当然ながら「おほけなくあるまじきこと」でしかあり得ない。にも関わらず、それを「めざまし」とも思わず、前世からのことだから仕方がないとし、「おもひゆる」してしまう。驚くべき寛容さである。勿論、この時点で秋の侍従が許容しているのは、密通そのものではないだろう。しかし、実際にはまだ密通が行われていない段階でのこのような心中思惟が、来るべき密通に対する許容として予め機能してしまっている印象は否定できない。

あるいは、八幡神の夢告によって姫君に入内資格のないことを告げられた後の関白が、その原因を類推してゆく、次のような心中思惟も見てみたい。

げにもことの外の事なれば、ただひとへに御せうとをうたがひ給へり。なべて、いもうととみるみるだに、しどけなきこと、むかしも今も多かめるに、ましてただのひとと思ひてみそめなんに、夢になしてやまんとはおもふまじきを、しのびすぐして、人ぎきけしからぬ名をもながさぬは、猶ありがたくおぼしゆるされて、何につけてもとがなき事に、たまたまかたちなどすぐれてみいでたれば、としごろのほいかなふべきにやと思ひよろこびつるに、さまたげ出来ぬるも、およばぬ宿世こそはあるらめとくちをし（1-6）

関白は、姫君の密通相手が息子の秋の君であると確信している。その根拠は、兄妹の間の「しどけなきこと」が、「むかしも今も多かめる」ことに求められている。従って、密通相手は兄である秋の君に違いないというものだ。関白は、「としごろのほい」を断念しなくてはならない事態をもたらした相手であるにも関わらず、世間に漏れなかったからという理由で息子を、やはり「ありがたくおぼしゆる」してしまう。

これらは、物語中での「罪」を咎める者の不在を表している。長谷川氏の指摘する、密通事件の「衝撃力」の無さとは、このことと密接に関連している。しかし、それは「罪」の侵犯を語ることを旨とする王朝物語からの「解放」などでは決してない。むしろ、彼らはそのような「物語」に深く呪縛されているからこそ、互いの「罪」を許容しているのだと考えるべきだろう。「罪」を侵犯することへの罪悪感やそれと表裏一体の恍惚感や達成感などの諸々の感情の代価が、予め「物語」が共有されることによって生じる親密感によって支払われてしまっているのである。秋の侍従は伊予守の、関白は秋の侍従の欲望にすぐさま想到するのだが、前節で確認したように、それは彼らの念頭に予め、「おほけなくあるまじき」物語や「しどけなき」物語があったからだ。表面的には隠されている一人一人の欲望が、繰り返し過つことなく他の人間によって解読されていってしまうような親密な共同性がここにはある。

作中に流通する「物語」を、一種の参照枠としながら、登場人物たちが互いの持つ欲望を解釈してゆく。この解釈行為の反復は、『石清水』という作品の持つ特徴の一つである。従って、この作品を、「物語」の解釈について自己言及的に語る「物語」だと評してもよいのかもしれない。しかしながら、その解釈行為の有りようが示すのは、決して多義性や多様性などと言ったものではない。確かに、そこには誤読の可能性が示されている。先の例で言えば、関白は息子の欲望は正しく解読するものの、事実の認定は結果的に誤ってしまう。姫君の密通相手は伊予守であり、実は秋の侍従ではなかったのである。しかし、この誤読がもたらす、物語の展開上の意味については検討の余地がある。

姫君の入内に至る経緯について、三角洋一氏は、「物語のうえではまた、晴れて娘を入内ないし東宮入内させるという場合には、娘は処女でなければならなかったようである」と指摘する。(6) さらに、入内中止の後、「やがて帝が一計を案じて姫君を迎え取るという次第になっていて、伊予の守がひそかに通じた秘密は隠しとおされたわけである」と論じ、一時的な入内の延期と、密通の隠蔽との間の密接な関連性に言及している。関白は、意図していないにも関わらず、結果的に伊予守と姫君との密通を隠蔽してしまう。そして、さらに重要なのは、そのような誤読が、悲恋遁世譚というおきまりの物語展開を導いてしまうことである。密通が隠されることにより、姫君は栄耀栄華を獲得し、一族である関白家の安泰を保証する。伊予守も、出家遁世の決心を固める。

なぞや、これよりかたき雲の上ならんことだに、身を惜しまず命を捨てて、見えぬ山路にもいてかくしきこへて、人目思はでうちそひても、しばしはなど、うきよの思ひ出にも、我身のため計を思はば、かたくしもあらん。されど、さばかりあたらしき御身の、うきみひとつゆへに女御、更衣ともいはせきこえぬだに、ゆゆしきあやまちをかしなるを、すへのよまでのうき名を伝えきこえんことは、いかがあらん。ただかひなき身のなげきをば、ものならず」思ひけちて、中なか今は心やすく思ひなりぬ　（137）

ここで、「見えぬ山路にもいてかくしきこへて」という、業平を想起させる伊予守自身の思惟は、むしろそのような「ゆゆしきあやまち」を主体的に断念する彼の出家遁世の決意を強調するものとなっている。以前、伊予守を駆り立てた「物語」は、この文脈の中では伊予守の「心やす」い境地と比較され、新たに意味付けられている。

「しのびね型」の悲恋遁世譚を構成する、欲望の発生、密通の許容、女君の栄華の為の入内延期、出家遁世の決意、その全てに「物語」への解釈行為が関わっている。『石清水』という作品は、「物語」を引用するという解釈行為と、通常ではあまりに自明な為に見過ごされがちな、このような特定の方向性を持った解釈行為の「場」を、読者に対して見えるものとして、いわば前景化して語っているのである。

四 「物語」を共有する男たち（1）——伊予守・秋の侍従——

『石清水』は、「物語」の共有を前提に互いの欲望を解読し合い、暗黙の内に許し合う男たちによる解釈行為自体を前景化していると指摘してきた。そして、男たちの「物語」に対する解釈行為に、反発や葛藤と言った類の感情が全くない以上、そこから読み取れるのは男たちの持つ欲望の同質性であり、その同質性を前提にした心情の共有であろう。摂関家の貴公子と武士という、身分的には歴然とした隔たりのある二人の男の持つこのような同質性の問題は、物語の進行につれ互いが似てきてしまうこと、つまりこれまで「主人公性の移行」として論じられてきた問題と密接に関係している。

長谷川氏は、「変換の論理」がこの物語の特質であり、「秋の侍従は男主人公らしい属性と登場の仕方をしながら実は主人公でなくて伊予守が主人公であり、その伊予守が東国武士らしく都の女を東国へ拉致するかと思いきや実はそう思っただけで実行されずにかえって天皇が行動を起こしてしまうという、いわばずれを読み取ることもできる」とする。そして、そのような主人公性の移行の理由として性的関係による接触を挙げ、「成人した男子どうしの睦み合いの意味するものは同一性ではないか」と論じた。(7) つまり、作中に描かれる男色という具体的な行為の結果として両者の同一性が構築されるとする。

神田龍身氏も主人公性の移行と男色行為との関連性を指摘するが論点はかなり異なる。光源氏という中心喪失後の、似たもの同士の矮小な登場人物たちが横並びに牽制し合う「宇治十帖」的世界に鎌倉物語の始発を見る神田氏にとって、登場人物たちの同一性は結果ではなくむしろ作品の前提として理解されている。そして、本質的には同一（神田氏の用語では「横関係」）であるにも関わらず、あえて身分差や世代差という表面上の差異（同じく「縦関係」）を設けるのが多くの鎌倉物語群の特徴であり、そこでは「男色」は同一性を保証するものではなく、「世俗の秩序の、そしてそれを支える差異の確認にほかならない」とし、むしろ「縦関係」を強化するものであるとする。(8)

確かに、作中で語り手が秋の君の伊予守への態度を、「法師などの童あつかひたるは、かくや(52)」と評していることからも、二人の関係は決して対等とは言えず、主従的稚児愛として描かれているのが明らかである。しかし、氏がさらに主人公性の移行の問題を、「先行主人公の女と第二主人公とが密通し、三角関係が現象してしまった時、女を奪う戦いが自ら生じる」と位置づけ、「秋の侍従と伊予守との間には、女を共有した瞬間、熾烈な闘争が生じたはずであり、しかもそれは究極的には貴族と武士という主従関係の転倒、さらには貴族階級の死という事態までをも惹起したに相違ない」とし、そのような「起こるかもしれない暴力現象をあらかじめ排除するための男色」の物語的機能を取り立てて論じる点には疑問が残る。男色も身分差もともに、作品内の現実として予め構造化されているのであれば、二人の身分差という設定そのものも男色と同様に、「暴力現象をあらかじめ排除」する為の道具立ての一つとして機能しているのであり、二つの設定の間に水準の違いは無い。また、伊予守が姫君との密通を犯して後は、男色関係が途絶えてしまったことがわざわざ明示的に語られてもいる。

そもそも、この作品において主人公性の移行の問題、つまり男たちの同質性の問題とは、「女」を共有することによって生じているのではない。前節までに確認してきたように、男たちに共有されているのは「女」というよりも、様々な禁忌によって遮られた「女」をめぐる「物語」なのであり、生身の姫君を具体的に共有すること自体が問題化されることは決してなかった。男色という極めて肉体的な行為に注目してしまうと、この作品が描き出している重要な関係性の一つ、男たちの精神的な連帯を見落としてしまうことになろう。

いかにぞや、にほはしき御まみのあたりのかよひ給へる、物のみおもひ出られて、かきくらす心地のするを、さりげなくもてなせど、ながめがちにものおもひたるけしきのしるきを、いかさまにもただの病とはみえず。「心なきにはあるまじ。もとよりいたうしづまりたる所つきて、なべての若き者にはたがひたりしかば、此度はこよなくくつしにける、いかならん。ちかきゆかりなれば、男のならひはおもひよらんもかたかるまじ。過にし頃、白地に渡りたまひにしに、いかなるまよひにか有けん、にはかに御まいりのとまりにしも、こころえがたしや」とあんぜられ給ふ。「いやしききは成とも、我も女ならば、かならず心かよはしてん。みそめては、あはれと思ひぬべきさま成を、もしさる事あらば、ふるめかしき宮にはこよなく思ひまし給らん」など、まもられたまひ、有まじき事のほども、ぬしがらにゆるされて、かたはならずおぼさる（125）

物語の終盤、入内中止の決定の後姫君は改めて中務宮へ嫁し、残された二人の男が対面する場面である。「（姫君と―引用者注）御まみのあたりのかよひ給へる」とあるように、伊予守の視線の中に捉えられているのは、姫君と二重写しにされた秋の侍従の姿である。それに対して、「我も女ならば」との一節が明瞭に示すように、秋の侍従は自分と姫君との心情を置き換え、伊予守に応えている。ここに示される二人の関係は、もはや主従的な男色関係などではなく、殆ど異性愛的な関係に近似していると評するべきだろう。姫君への心情を共有する二人の男が、身体を共有できるほどに近接している事態がここに現出している。しかしながら、それがあくまで精神的な、つまりは内面の問題としてのみ処理されていることを見落とすべきではない。この場面で繰り広げられているのは無言劇であり、互いの心中思惟のみが語り手によって明かされているだけなのである。そして、このような共感に支えられた無言劇の中で、伊予守による密通という「罪」は「ぬしがらに」許されてしまう。この構図は、前節での「物語」の共有を前提に互いの欲望を解読し合い、暗黙の内に許し合う男たちの姿とぴったり重なり合っている。さらに、そのような男たちの精神的な連帯を、異性愛に類似したものとして語ることによって、この同性関係（同性愛関係ではない）における具体的な生身の女性の不在が際だったものとなっている。

秋の侍従の伊予守への同一化願望は、物語終結部において強調される。

かしま（伊予守の幼少名—引用者注）がたぐひにやなりなましと、心づよく思ひきりてし心のほど、うらやましくおぼさるれど、ひとかたならずすてがたきほだしつよくて、そむきやらぬほどに、つかさくらゐも身にあまるまでのぼり給けん（153）

秋の侍従の内面と外面との、相反する構造がここから読み取れる。一方で、姫君への思いを断ち切り決然と出家遁世を遂げた伊予守への羨望を秘めた内面を、他方では官位を極め政治的成功者としての外面をそれぞれ叙しつつ物語は閉じられる。二人の心情の同質性の頂点において、二人の身分差も極まるのである。男たちの表面上の絶対的な差異と、にも関わらずの類似性という問題は、前節での「罪の主題」の示唆と、にも関わらずのその回避という問題と相似形をなしているのである。

五 「物語」を共有する男たち（2）——伊予守・帝——

二人の男が抱える身分上の絶対的な相違と、秘められた精神的な同質性という二重構造。同形の問題は、帝と伊予の守との間にも横たわっていると考えられる。「しのびね型」物語である『しのびね』や『葎の宿』では、悲恋遁世していく臣下の男と帝との濃密な感情のやり取りを描く対面場面が、物語後半の山場として設定されていた。つまり、帝によって追いつめられる男主人公という類型的な展開がそこに確認できるのである。それに対して『石清水』では、直接的にも間接的にも伊予守と帝とが接する場面はなく、この二人の関係は一見すると極めて希薄なものとして設定されているかのように思える。しかし、前節でも論じてきたように、一度は臣下に嫁した女君を帝が拉致してしまうという意外な展開は、そもそも伊予守自身によって『伊勢』二条后章段引用の形で繰り返し仄めかされていた、臣下による帝妃の略奪という「物語」を、帝の側から裏返したものに他ならない。

帝が武士に負けぬ思い切った行動を見せる一方、武士である伊予守によって成し遂げられる密通は、帝にも負けぬ高貴さをまとっている。左大臣邸からの迎えを数日後に控え、入内が予定されている女君に対する最初で最後の面会の手引きを、伊予守は弁の君という女房に必死に訴える。伊予の守を見つめる弁の君の心中思惟を引用したい。

涙もせきあへぬ気色の、言はん方なく心苦しく、柳が枝に咲かせたらん花の露にしほれたらん心地して、言ひ知らずあはれなるはさる物にて、愛敬づき清らかなるは、いかなる帝ときこゆとも、かばかりかきつくし給はじ。ただ思ひなしの気高くなどやおはしまさん。さしならべきこえんに、この人ばかりかたはなるまじき人やあるべきに、などか及びがたき際と生まれながら、さすがに逃れがたく結びおき給ひけん（110）

弁の君の視線を通して、帝にも優越する伊予守の素晴らしい容貌が確認されていく。帝などは「思ひなしの気高」さを備えているにすぎないとする弁の君の認識自体は、それこそ根拠のない思いなしに過ぎないだろうが、その彼女の思いこみ故に、入内の内定している女君へ寄せる伊予守の思慕は無理からぬものとして許容されていく。本来「及びがたき際」の武士階級出身である伊予守を、その類い希な美質を媒介にして帝という及ばぬ存在にまでよそえてしまう弁の君の眼差しこそが、彼女の伊予守への肩入れを正当化し、伊予守を女君の寝所へと導く心理的な必然性として機能するのである。そして、帝と伊予守とが重ね合わされた瞬間、密通という「罪」が鮮やかに演出される。

このように、帝と伊予守との相称性は、女主人公を中心に置いてかなり明らさまに物語内に描かれている。何よりも、行動的な帝と優柔不断な武士という、一般的に想定されるイメージからはねじれた性格付けこそが、両者の同質性を雄弁に物語っているとも評しうるだろう。また、逆説的ではあるが、だからこそ帝と伊予守とが露骨に比較されてしまうような場面を、物語が慎重に避けているのだとまとめることもできる。両者の同質性をあまりに強調することは、絶対的な存在であるべき帝に対する過度の相対化を惹起しかねないからだ。さらに、帝による臣下からの女君の強奪と、伊予守という臣下による「帝の御妻をあやまつ」行動とを、いわば表裏一体の関係として描いてしまう『石清水』という物語の踏まえる世界観が、前章で検討した「しのびね型」の世界観と近似していることは明瞭である。この物語後半の展開を、女君の役割に着目しながら『葎の宿』との関連で位置づけ直してみよう。

『葎の宿』の内大臣家の大将、つまり女君の夫の役割に該当するのが、彼女の救出者であった秋の侍従である。しかし、『石清水』では、夫となるべき秋の侍従が実は兄であることが判明した時点で、女君の役割は左大臣家の后がねの娘という役割に一元化される。つまり、『葎の宿』では右大臣家と左大臣家とに跨っていた女君の二重性は、この物語では夫と父の家が実は同一であったという設定によって解消されるのである。しかし、彼女が伊予守に密通されるに及び、女君は左大臣家の人間であると同時に、伊予守という武士の「妻」でもあるという新たな二重性を帯びることになっているものと考えられる。そして、既述したように、秋の侍従と伊予守という二者関係が、敵対する関係として全く設定されていない以上、この物語が構造的に指向しているのは、女君を介しての帝・摂関家・武士という三者の結合であろう。

「しのびね型」という話型にとっては、悲恋遁世していく父と残された子という、引き裂かれた父子関係こそが物語を構造化する必須要件だとされるのだが、『石清水』では例外的に子が誕生しない。この点に関して、神田氏は「（二人の関係が―引用者注）異質すぎて子供も生まれないということであろうし、また貴族と武士との差異を根元から否定する混血児の存在はなんとしても認め得なかったということであろうか(9)」と述べるが、武士と貴族以上に、武士と帝との異質さこそがより意識されているのだろう。そして、異質なものを異質なままに、帝と武士とを媒介させる為の方途として、密通はするが子は誕生しないという異例の設定が選択されたものと考えられる。つまり、『石清水』は、帝と秋の侍従の二者関係を、女を媒介とする帝と摂関家の融和的でありきたりな強調関係として描き出すのだが、その深層では、さらに摂関家側の役割を武士と摂関家とに二分割することによって、伊予守と帝との緊密な関係をも志向しているのである。ただし、表層の物語の論理としては、武士の異質さはぜひとも維持しておきたいという理屈が働いているのだろう。

六　終わりに

『石清水』は、「物語」を引用するという解釈行為自体を、作中で読み手に対して明示的に語ることによって、引用という行為と中世的な話型（悲恋遁世譚）の成立との密接な関連性を明らかにする作品である。と同時に、中世の等質的な貴族社会の中で、その壊乱要素たる王朝的な「罪」の「物語」を適度に消費する方法の模索をあからさまに示してもいる。それは、「罪」を犯す物語ではなく、「罪」を犯そうとする、あるいは犯しつつも断念する物語形式としての悲恋遁世譚である。

「罪」を断念した主体が確かに存在したことを語るためには、その「罪」が男主人公の断念に先立って既に作中に表象されていなければならない。だから、物語の引用は明示的に語られる。また、その断念が同情と共感に値する行為として認識され賛美される為には、「罪」への欲望が複数の人間によって共有され共同化されている必要がある。と同時に、そのような共有や共感は純粋に心的なものに留めなくてはならない。この作品で、「物語」を共有する男たちによる無言劇が繰り返されるのはその為である。「罪」の「物語」はこのようにして、繰り返し語り継がれるに足る特権的な物語となる。

しかし、この作品に前景化されていた「物語」を共有する同質な男共同体の心性の有りように対して、『石清水』は批評的な位置に立っていると考えることもできる。それは、関係の要にある姫君を、そのような共同性からは一貫して排除し、「物語」への共感を示させないことの評価に関わるだろう。予見的に述べるならば、密通される姫君の立場からの「物語」への読み直しの可能性とともに、創造的な引用論の糸口は初めて見えてくるのではないだろうか。『石清水』とは、王朝的な「罪」を表象する「物語」という参照枠への「共感」の普遍性ではなく、その限定性を露わにする物語なのである。

【注】

（1）土方洋一「石清水物語」（『研究資料日本古典文学①物語文学』明治書院、昭和58年）。

（2）久下裕利「中世擬古物語『石清水物語』について」（『物語の廻廊――『源氏物語』からの挑発』新典社、平成12年）。

（3）この場面をはじめ、『石清水』の『宇津保』引用ついて、木村朗子氏「欲望の物語史」（『恋する物語のホモセクシュアリティ』青土社、平成20年）は、『狭衣物語』における『宇津保』引用を介在させて考える必要があると説く。引用事実の指摘としては首肯できる指摘だが、引用の方向性をこそ問題としている本論の趣旨からは外れる。

（4）『源氏物語』の、柏木と女三宮の密通事件における業平引用については、今井久代氏「柏木物語の「女」と男たち――「帝の御妻をも過つ」業平幻想――」（『物語〈女と男〉』有精堂、平成7年）がやはり、「例として人々の心に、輝かしい規範となってすべり込ん」でいる業平の物語について論じており参考になる。本章では、主人公が柏木のように破滅にいたることなく大団円を迎えてしまう物語の性格について、王朝からの距離感の問題として対象化することを目的としている。

（5）長谷川政春「境界・変換・話型――物語史としての『石清水物語』――」（『〈境界〉からの発想』新典社、平成元年）。

（6）三角洋一「『石清水物語』の話型と表現」（『物語の変貌』若草書房、平成8年）

（7）長谷川氏前掲論文。長谷川氏は、その論拠としてニューギニア等の地で行われている成人儀礼における同性愛を挙げるが、歴史性や地域性を無視した議論であり従えない。同性愛について、その普遍的な意味内容を規定しうるとする発想は、異性愛について同様の問いが意味をなさないことを考えれば、同性愛を特殊化するものであり危険である。

（8）神田龍身「男色、暴力排除の世代交替――『石清水物語』『いはでしのぶ』『風に紅葉』――」（『物語文学、その解体』有精堂、平成4年）。猶、中世王朝物語の基本的な世界観の理解は、同書第一部の各論稿による。

（9）前掲注（8）論文。

第五章　『海人の刈藻』の引用と話型

――秩序の作り方――

一　はじめに

本章では、鎌倉後期か南北朝期頃に成立したとされる改作物語『海人の刈藻』を取り上げたい。『海人の刈藻』の古本は、『無名草子』中に「今様の物語」の筆頭として論評されており、当時のこの物語への世評の高さを伺わせる。大筋で古本を踏襲していると考えられる現存本は、二十年間以上、天皇にして三代の治世を物語る年代記風の物語であり、登場人物の人数だけでもかなりの数にのぼり、筋書きもかなり錯綜している。しかし、その中心的な話柄が、按察使大納言家の三姉妹と、関白息権大納言、一条院養子権中納言、その弟三位中将という三人の貴公子との、計三つの恋物語にあることに異論はないものと考える。ことに、本論の趣旨からすれば、いわゆる「しのびね型」の話型に沿って展開される三番目の恋物語、つまり三位中将と按察使大納言の三女である藤壺女御との密通の顛末に関心を向けたいところであるが、同時にそれが繰り返される三つの恋物語の一つであること、しかも最後に用意された恋物語であることの意味を看過すべきではないだろう。

中村真一郎氏は、この三つの恋物語をオムニバス風の連作長編に例えた上で、

主題の有機的な絡まり合いと発展の必然性を持たずに、物語が三回、巡回するために、その一回ごとに連載小説の場合と同じように、新しく主人公の座を占めた人物の動きが

唐突にはじまる印象を受けたり、同じ状況が繰り返し語られることで、物語のなかの時間が滞留する印象が避けられない

と論じ、反復と停滞をこの物語の特質として指摘している。[1] 確かに、男主人公の悲恋遁世という悲劇的な、しかしお定まりの終結を持つ三番目の恋物語に比して、その前に置かれた二つの物語は、山場らしい山場を持たず、いささか退屈であるとの印象を免れない。しかし、「主題の有機的な絡まり合い」という端的な言葉に表されるような、文学的な主題を物語の深層に見出そうとする立場を取るのでなければ、このような物語の性質を、単なる退行的な時代精神の現れと見なしてすませるのではなく、その繰り返される退屈さの意味と効果とを正しく測定する必要もあるのではないだろうか。

また、氏は一方で、『海人の刈藻』に対して、「今、読みつつある情景が、作品全体のなかで、どのような位置を占めており、従ってどのような効果を作者が予期しているのか、判りにくいというもどかしさであって、『苔の衣』のようには、部分の描写が必ずしも拙劣でないために、その不安定感はより苛立たしい」と、先の指摘と一見相反するような興味深い感想も述べている。物語の示す全体像は、「時間の滞留する印象」を与えるものの、個々の場面場面は実に「不安定」で「苛立たしい」と言うのである。場面の移り変わりばかりが早く、一つ一つの場面や設定という細部が、次の展開への布石として積分されていかない、この物

語の示すもどかしいまでの落ち着きの悪さは、『無名草子』に、「言葉遣ひなども『世継』をいみじく真似びてしたたかなるさま(89)」とあることから、『栄花物語』的な宮廷貴族社会の年代記を指向したことにその要因が帰せられがちである。しかし、この物語が本物の年代記ではない以上、むしろ、不安定な一貫性のなさを反復するに相応しい器として、年代記風の意匠が求められたと考えた方が妥当だろう。

本章の目論見は、反復を繰り返しつつ停滞し、なおかつ不安定な物語の持つ表層の効果を、中世王朝物語を論じる常として、引用という視座を用いて正しく測定しようとする点にある。従って、論述の中心となるのは、「しのびね型」に該当する三番目の恋物語ではなく、その前に置かれた二つの恋物語である。その引用を通じて見いだされるだろう問題系のただ中と先とに「しのびね型」という話型が立ち現れてくると考えている。作り物語における引用や話型の問題は、享受者層の問題を抜きにしては考えられない。その点で、『海人の刈藻』という物語は非常に興味深い。「王朝憧憬」という評語ですまされてしまいがちな、王朝ではない時代に王朝風の物語を書くという行為の持つ意味と効果について考える為の手がかりとしたい。

二　「引用」の位相（１）

大君と権大納言の関係は、「北山」で病気療養中の大君を、雪見にやってきた権大納言が偶然に垣間見ることから始まる。この状況設定が、「小柴垣」などの細かな道具立てまで、『源氏物語』「若紫」を引用することによって成り立っていることは、既に先学によって指摘されている。(2)さらに、大君の実母が亡くなっており、彼女が現在の按察使大納言北の方にとっては継子にあたることも明かされている以上、大君と紫上とを重ね合わせて描こうとする物語の意図ははっきりしていると言ってよいだろう。まさに、長編物語の始発としていかにも相応しい道具立てが揃っているのだが、この後の物語の展開は、読者の予想と期待とをかなり裏切ったものとなっている。権大納言に対して、光源氏のような活躍を示す余地をまるで与えないまま、二人の婚姻はあっさりと何の支障も困難もなく成立してしまうのである。

さらに、権大納言が彼の伯父にあたる山の座主を、病気見舞いのために三位中将とともに訪れる件にある、小野の山里の「心殊なる家」に突然の雨宿りを求め、そこに住む女と歌を詠み交わす場面にも、類型的な物語の引用を確認できるだろう。(3)雨宿りに端を発する物語と言えば、「良岑の宗貞の少将、ものへゆく道に、五条わたりにて、雨いたう降りければ、荒れたる門に立ちかくれて見入るれば」と始まり、遍昭がそのわび住まいの女のもとに、「たえずみづからも来とぶらひけり（431）」までを語る『大和物語』一七三段、あるいは突然の雨宿りにかこつけて、浮舟の住む三条の隠れ家への案内を強引に請う『源氏物語』「東屋」での薫の振る舞いなどを想起させるところである。しかし、このような場面設定の中でも、権大納言は全く物語の主人公らしからぬ振る舞いしかしないのである。座主の見舞いからの帰路に、もう一度小野に立ち寄った場面を引用する。

大納言殿のおはする柱の際にさし寄る音しければ、「時雨のあわたたしかりつる昨日は、残り多う」などのたまはせて、「かかる道の便り嬉しく。いつも参り来ん」など、つきづきしうのたまへば、少し居直りて、

真木の戸は鎖す夜もなくて待ち見ると時雨過ぎなば訪ひ越しもせじ

と言ひ出でたり。大納言殿、

朝夕に真木の板戸も荒るるまで立ちこそ馴れめ時雨過ぐとも

（中略）

とて、しばしものなどのたまひ交して出で給ふに、大納言殿には、人々さし集ひて御物語など聞こえて、そのまま昼の御座に上も大殿籠りたるに、入りおはしたれば、おどろ

きて御顔のうつろひたるに、御目もおどろく心地して、山の錦も何ならず。（50）

「立ちこそ馴れめ」という詠みぶりからも明らかなように、権大納言と小野の女との贈答場面には、彼の光源氏的な好色心の兆しが確かにあらわれてはいるのだが、その余韻も醒めやらないままに、場面は留守居中の気安さで昼寝をしていた大君の、普段とは違うくつろいだ美しさを語る文脈へと一続きにつながっていってしまう。「山の錦」とは、直接的には、引用箇所の前にある座主との贈答歌中で歌われた比叡山の紅葉を指しているが、それが大君との比較の中で用いられるに際しては、同時に小野の女をも意味しているだろう。素晴らしかった「山の錦」も、結局は大君の引き立て役にすぎないのであり、物語的状況設定は、ここでも全くの不発に終わる。

もう一カ所、この物語の引用の特質が最も端的に現れているものとして、按察使北の方が死去して後、その三十五日の法要の最中に、権大納言が三姉妹を同時に垣間見る場面を確認しておきたい。

仏の御方より通ふ二間の障子細めに開きたるよりうちを見給へば、奥の方に女房の声聞こゆ。引き開けて歩み入り給へど、とがむる人もなし、西面に小さき仏あまた据ゑたる、「持仏堂ならん」とそなたの屏風に伝ひ入りて見給へば、三人ながらこなたにおはす。

女房は長押の下に居たり。(70)

王朝物語史における垣間見という設定については今更指摘するまでもないほどに典型的であり、その恋物語の発端としての機能は、多くの中世王朝物語でもほぼ自動的に踏襲されている場合が多い。ましてや、貴公子による姉妹の垣間見は、『伊勢物語』初段の「昔男」から、『源氏物語』「橋姫」の薫に至るまで、何度も繰り返されてきた物語史にとって、もはや神話的なモチーフである。しかし、この物語はそれらの物語に見られるような劇的な展開さえも全く踏まえようとしない。権大納言は、「かの雪の朝見つけ聞こえしには、似るものなくこそありし。なほその折よりはねびまさり給へるは、たぐひなかりけりな(71)」と、以前北山で、姉妹をやはり同時に垣間見た際の感動を思い出す。そして、その頃に比べていっそう美しく成長した中の君に対して、かなりの好色めいた感想を示しもする。しかし、その中の君への関心は「されど、なほけだかう匂ひやかなる方は我が御方強う見なし給ふ(71)」と、「されど」という逆接の一語のみで中断され、妻である大君の美しさを再確認する文脈へと、かなり強引に導かれてしまうのである。この、権大納言の大君という正妻に対する一途さ自体は、継子物語の救出者の備えるべき資格として、『落窪』の道頼などの系譜に連なるものとして押さえることはできる。しかし、権大納言のまめな人柄が、単なる性格の描写として物語内に示されているのではなく、まめとは対照的な好色者《すき》の物語を引用し、それを打ち消す形で強調されている点を見逃すべきではないだろう。引用された可能性に対する否定の性急さは、逆に否定されなければならない物語の存在を、読者に対して強く喚起するものとして機能してしまうのである。

三　「引用」の位相（2）

二つ目の恋物語についても検討してみたい。按察使大納言中の君と、一条院養子の権中納言との関係である。権中納言の養母である大宮は、この時点での帝の中宮の姉にあたり、権大納言はその弟である。大宮は、鍾愛の権中納言が、春宮への入内が決定している中の君への思いに煩悶する姿をみかね、弟の権大納言に相談するが事態は打開されない。そのような中、思いあまった権中納言は、按察使大納言の不在を見計らった上で、その寝所に強引に忍びこみ、「腕を枕にて寝たる」中の君を発見するや、「さし寄りてかき抱きて御帳に入り」こむ。

女君、ものにおそはるる心地しておどろき給へば、男の、馴れ顔に装束をさへ解きて添ひ臥して、何やかやとのたまふに、ひたぶるによそなる人とは思しも寄らで、「この近き権大納言にや」と思ふに、せん方なく、悲しともおろかなり。㉟

几帳の中に侵入してくる男の、いささか図々しい「馴れ顔」と、突然の出来事に訳もわからないまま、ただ恐怖におののく女君の姿の対照からは、例えば、

いと馴れ顔に御帳の内に入りたまへば、あやしう思ひの外にもとあきれて、誰も誰もゐたり。乳母は、うしろめたなうわりなしと思へど、荒ましう聞こえ騒ぐべきほどならねば、うち嘆きつつゐたり。若君は、いと恐ろしう、いかならんとわななかれて、いとうつくしき御肌つきも、そぞろ寒げに思したる（一・200）

という、『源氏』「若紫」の光源氏が京の紫の上の邸を訪れ、一夜を過ごす場面なども想起される。しかし、春宮入内を控えている中の君の置かれている立場を考えるならば、

宮は、何心もなく大殿籠りにけるを、近く男のけはひのすれば、院のおはすると思したるに、うちかしこまりたる気色見せて、床の下に抱きおろしたてまつるに、物におそはるるかとせめて見開けたまへれば、あらぬ人なりけり。あやしく聞きも知らぬことどもをぞ聞こゆるや。（六・178）

この場面は、『源氏』「若菜下」での、柏木と女三宮との密通場面からの引用によって構成されているものと考えられる。しかし、ここで重視したいのは、『源氏物語』における柏木の物語との引用関係によって示唆される、二つの物語間の通時的な差異よりも、密通という類型的な発想の共時的な広がりにある。

密通から遁世に至る三位中将の物語が、同時期に流行した「しのびね型」と呼ばれる悲恋遁世譚の話型を備えることは既に諸氏によって指摘されているが、中将の兄である権中納言と中の君の物語が、その前哨となっていることはあまり注目されていない。しかし、この二つ目の恋物語は、引用の形式に注目する限り、明らかに同時代の「しのびね型」諸物語の中に位置づけることができる。

あが君、などかくしも憎ませ給ふ。さすがちごならぬ御ほどなれば、聞き給ひけん。聞こえさせてもほど経る身を、雲居に思し立つなれば、いかなる山の奥に籠り侍るとも、『我ゆゑかうなりにけり』と思し知らせんと思ふばかりにかく見え奉る (36)

右は、先の引用箇所の続きとなる場面だが、「雲居」を志す中の君に対して、自分の思いを聞き届けてくれなければ、現世から出離するより他に道はないことを、権中納言は必死に訴える。やはり柏木を想起せずにはいられない、半ばおどしのような口説き文句なのだが、この傍線箇所の表現と、ほとんど同様のものが、彼の養母である大宮によっても使用されている点に注目したいのである。

中納言のありさまは、いかなる見えぬ山路に思ひ入り給はんも、うしろめたく悲しかるべし。さりとて、かなはぬもの思ひに身をや捨て給はん (43)

様子のおかしい権中納言の身を案じて、弟の権大納言に相談する際の発言だが、傍線箇所の類似は明らかであり、このような表現がかなり類型的であることを伺わせる。事実、これらの類似表現は、「しのびね型」の物語群で、出家遁世を決意する際の、男主人公の発言や心中思惟として頻出するものである。例えば、『しのびね』では、宮中の女君を思う、主人公きんつねの心中思惟として、「いかなるいはほの中にも、げに心かなはぬ世ならば、ひきぐしてこそすぐさめ」との記述があるし、『石清水物語』でも、「これよりかたき雲の上ならんことだに、身を惜しまず命を捨てて、見えぬ山路にもゐて隠しきこへ」と、伊予の守によって、その決意が語られていた。その他、これらの物語との強い類縁関係の想定される『隆房集』などにも同様の表現が見られる。(4) 単語レベルでの強い緊密関係を示しながらも、表現として必ずしも完全な一致を見せていない点に、類型的な発想を共有する層の広がりを、むしろ伺うことができるだろう。(5) このように、中納言の悲恋遁世という悲劇的な成り行きを、

「しのびね」型の類型表現を引用することによって強く暗示させつつも、物語は過保護な養母の大宮らの配慮もあって、実にあっけなく二人の婚姻が整ってしまう。この二つ目の恋物語も、一つ目の恋物語と同様に、やはりはぐらかされた悲恋遁世譚としかならないのである。

中世王朝物語論の課題の一つに、「引用」の問題があることは言うまでもない。個々の作品が、既存の先行作品を、新たな物語世界を構築するために、どのように消化し、新たにどのような素材として組み立て直し得たか。中世王朝物語の「引用」は、常にこのような問題関心の中に置かれており、そこでは、「引用」という現象は、先行する作品に対して、何らかの差異や亀裂を孕みつつも、あるいは孕むがゆえに、常に読者の期待の地平を拡張し続けるものとして、新しい作品世界達成のための、いわば受容と創出の関係として積極的に評価されてきた。つまり、物語の「消化」とは、物語の「昇華」であるわけだ。しかし、『海人の刈藻』が採用する「引用」の戦略と形態は、ここまで確認してきたように、上記のような一般的「引用」認識とは根本的に相容れない。物語になりそうな状況そのものは王朝物語の引用という形で提示されるのだが、その引用は個々の場面という小さな部分の描写に資するにとどまり、決して全体の流れへとは発展しない。「引用」された物語的な状況設定は、その後の物語展開を強く暗示させた直後、性急にそのような可能性を閉ざす。このはぐらかしの連続は、はぐらかすこと自体を目的としているかのようであり、その効果をこそ問う必要があるだろう。

四 「心」をめぐる物語

前節までに確認してきたように、引用という形による物語的設定の仄めかしとその棄却の繰り返しとによって醸成されるのは、まさに中村真一郎氏の指摘したような、物語を読む行為に生じる不安定な苛立たしさだろう。しかし、一方でその不安定さは、物語世界内の秩序を不安定にすることはない。それどころかむしろ、物語世界の安定した秩序の構築に寄与している感さえある。神田龍身氏は、この物語について、

この『海人の刈藻』というのは実に奇妙な物語である。全体が協調融和の精神で満ちており、継子物語的状況が現前するかと思うと事前につみとられてしまうというように、物語になるような人間的葛藤すべてが回避されている。(6)

と重要な指摘をしているが、もっと正確に言い換えるならば、物語になるような人間的葛藤は、その存在が「引用」という形式ではっきりと示唆されたその後に、「回避」されているというべきだろう。この「回避」という言葉の含蓄を見逃すべきではない。そもそも人間的葛藤が全くないのであれば、読者はその痕跡さえも伺うことができない。人間的葛藤の所在

は、逆説的な言い回しになるが、むしろ暗示や示唆として積極的に明かされている。『海人の刈藻』が指向しているのは、人間的葛藤がどこにも見あたらない平穏極まりない物語世界ではなく、人間的葛藤という地雷が上手に「回避」された物語世界だと言えるだろう。と同時に、「回避」は一度きりの出来事であってもならない。「回避」の絶え間ない繰り返しこそが、協調融和の精神にとって不可欠な要素の一つだとも、主張しているのである。

しかし、その点を認識すればするほど、この物語がそのような葛藤の全てを回避できているのが、何やら僥倖のように思えてくる。この物語が採用する、暗示された様々な亀裂を片端から塗り込めていく原理のようなものが同時に問われるだろう。そして、結論を先取りするならば、どうやらこの物語世界で、危険で厄介な人間的葛藤の調停役を担っているのは、専ら「心」という曖昧な存在のようである。

例えば、第二節で検討した姉妹垣間見の場面で、権大納言は「されど、なほけだかう匂ひやかなる方は我が御方強う見なし給ふ」と、自らの妻である大君の美しさを再確認していたのだが、この感想に引き続き、中の君について、「中納言見ましかば、なほ匂ひこぼるるならんかし。かつは見なしがらなりけり」とまで言ってのけている。これは、物語史が培ってきた、垣間見から始まる、見てはいけないものを見ることができたという運命的な宿世観による、男の恋愛の動機付けそのものに重大な疑問符をつけてしまう、非常に興味深い認識のありかただろう。それにしても、権大納言が漏らす「見なしがら」という達観した感想は、それぞれの女君の美しさに客観的な判断基準などはなく、接する人の心次第で、どのようにも見えるものだという至極真っ当な感想でもあるのだが、それは同時に、彼女を美しいと「見なす」権大納言の心しか頼りにできるものがないという、大君の不安定な立場を逆に照射してしまうきわどい感想でもあった。

また、大君にとっては継母である按察使大納言北の方について、

中将、「このわづらふ人とありしを残し置きて失せにし人ののちは、この治部卿の律師の妹に侍る人出でまうで来て、また今、妹二人、なにがしと蔵人の少将と四人侍りき。いと隔つるといふことのしるしも侍らず、あはれにありがたき人の心になん」と聞こゆ。(17)

と、物語の始発早々に、その「あはれにありがたき」心のほどが、大君と同母兄弟の頭中将の口から語られる。「わづらふ人」とは、大君のことを指す。物語中にその原因が全く語られない大君の病と、継母北の方のありがたい「心」の並置は、前節で確認した語り口と相似形をなしている。大君は病であるが、それは継母のせいではない。彼女は継母であるが、彼女の「心」は、通常のそれとは異なっている。北の方の「ありがたき人の心」を過度に強調することは、ありがちな「人の心」とは何であるのかという疑問を、否応なしに喚起してし

まうだろう。
北の方の「心」は、ことあるごとに人々に再確認される。物語三年の春から、都中に疫病が流行し、ついに北の方が感染する。

水無月の頃より、按察の上、なやましうし給ふを、「暑き頃の御心地にこそ」と思しながら、御方々、御祈り・御修法などはじめさせ給ふ。あまねく広ううつくしき御心のほどを人々も思し知れば、院・大宮なども中納言の御ためを思して、御祈りなどをせさせ給ふ。関白殿、はたまして絶えず訪ひ奉り給ふ。山の座主も、若君のかくてものし給へば、おろかならず。右の大臣などにも、さらぬことだに思ひやり深くものし給へば、おろかならずかし。別当の中納言も、蔵人の少将を婿にてかしづき給へば、御祈りし給ふ。(64)

院・大宮・関白・山の座主にはじまり、これまで殆ど言及されることのなかった右大臣や、この箇所が初登場の別当中納言なる人物までが登場し、北の方の為の祈祷を執り行う。この病気見舞いの挿話は、政界から宗教界に至るまでの中心人物全てが顔を揃えており、強調融和の物語精神を見事に演出している場面となっているのだが、その本来なら葛藤を伴うべき人間関係を円滑に運営する結節点に位置するのが、飽くまでも北の方の「あまねく広ううつ

くしき御心」であることが強調される。北の方は、懸命の祈祷の甲斐もなく「長月」に死去するが、その葬送の際も、

院・内裏・大宮・関白殿・右大臣殿・別当の中納言など、「かかる人、また世にあらじ」と嘆き惜しみ聞こえ (69)

と、その類い希な心の持ちようが忘れずに確認される。

一方で、東宮に入内している梅壺女御の母である藤大納言の北の方は「心むくつけき人」であり、兵部卿の宮の女御を呪詛し、物の怪となって苦しめていると紹介される。この藤大納言は全くの出自不明人物で、この箇所でただ一度きり言及されるのみの人物である。この挿話から、按察使大納言や権大納言の父である関白家と対立関係にあるらしいことが伺えるのだが、その対立の詳細は一切語られず、ただ北の方の「心」のむくつけさのみが非難の的となってしまう。平穏な物語世界に一瞬立てられた小波は、「心」の問題に還元され、すぐに打ち消される。政治的状況を含めた広義の人間関係に至るまで、その全ての説明原理が「心」に求められており、この物語の登場人物たちにとって、それは信仰の域にまで達しているのだが、この物語の「心」は、あまりに過剰な役割を担わせられている為、感情の不良債権と化している。「心」を強調すればするほど、「心」でしか担保できない、人間関係の不

安定さが逆に際だってしまう。事実、この北の方にしても、故治部卿という、物語世界内の実力者たちと何の血縁関係も持たない、出自不明の貴族の娘にすぎないのである。

上記のような、「心」をめぐる物語の感情的負債を、大君は一身に背負わされている。継子としては異数の待遇を彼女に保証していたのは、継母北の方の「ありがたき心」であるし、夫の権大納言から、紫上のような苦悩を味わわされずにすむのも、彼の心持ちの故でしかない。三姉妹の恋物語は、実のところ同じことのオムニバス的繰り返しなどではなく、大君の立場の不安定さがより際だつ構造を示している。物語は、繰り返し彼女の立場の不安定さを仄めかしてから打ち消すのだが、それは彼女にまとわりつく不安な空気を一層濃密なものとしていく。大君が、継子物語の女主人公としての常套的な苦難を経ていないことは、分かりやすい救出という大団円がどこにもないことを意味している。大君は、継子物語的状況を、上手く回避できた継子なのであり、その幸運に人一倍感謝しなければならない。したがって、その負債返済の為に、物語中唯一の事件らしい事件である、藤壺女御(按察使大納言の三の君)と三位中将の密通事件が、大君の奔走によって隠蔽されるのは、ある種必然的な成り行きと考えられる。(7) 勿論、誤解の無いように言い添えておくが、登場人物としての大君が、事実そのような感情を抱いているのか、いないのかといったことを、主たる論点としているのではない。この物語が、「心」という曖昧かつ強力な説明原理を持ち、その「心」に関する厳密な収支計算を大君に要求しているらしい、その構造を問題としているのである。

五　引き継がれる物語

三つ目の恋物語であり、「しのびね型」の結構を備える、三位中将と藤壺女御との密通事件を検討してみたい。物語六年の春、清涼殿の桜を藤壺から眺める女御の姿を垣間見して以来、彼女への止みがたい思いに取り付かれた三位中将は、父按察使大納言の病気見舞いの為に宮中から里下がりしている女御の寝所に強引に忍び込む。

女御はものに襲はるる心地し給ひて、御衣押しくくみぬれば、ものも見えず、御声も出でず、惚れ惑ひ給へるに、（中略）しのぶの乱れやる方なきもの思ひの、つひに世にあり果つまじき身を、『我ゆゑにかうなりにけり』とだに思し合はせよ」とてむせ返るありさま、むくつけう、恐ろしう、疎ましなども世の常なり。ただ今消え失する心地し給ふに、なかなか言はん方なし。（103）

傍線箇所を含め、『源氏』「若菜下」からの引用箇所も共通しており、まるで第二節で検討した二つ目の恋物語をそっくり引き写したかのような場面である。しかし、ここでは三位中将の相手が既に女御として入内している為、両者の罪障意識がより強調されたものとなっている。

そもそもこの物語の題号は、宮中へ戻ってしまった女御に手紙を送る手段も失った三位中将の姿を、「いとど袖はひちまさりて、海人の刈る藻に住む虫のわれからつらき人多く嘆きわび給ふ。」と描写する場面から採られているのだが、この表現が、

あまの刈る藻にすむ虫のわれからと音をこそ泣かめ世をば恨みじ　（188）

という、「帝の御妻をあやまつ物語」を代表する『伊勢』六十五段、「在原なる男」詠を引き歌としていることは指摘するまでもないだろう。既に、『源氏』における柏木の物語に、『伊勢』二条后章段が大きく影響を与えていることが指摘されているが、この三位中将と藤壺女御との密通という設定には、『源氏』を経由した形で『伊勢』の二条后章段が引用されていることを確認しておきたい。物語は、三つ目の恋物語に至って、漸くお定まりの「しのびね型」に到達するのである。しかし、三位中将が悲恋遁世し、藤壺女御は後に中宮となり栄華を獲得するという展開が、話型としてお定まりであることと、物語内部の論理として必然であることとは、別の問題として検証する必要性がある。

密通の発覚からその隠蔽まで、一連の事態の収拾を取り仕切るのが姉の大君である。それ以前の控えめな態度とはうって変わって、彼女がいっさいの主導権を握った上で行う積極的

な対処の数々は、まるで大君に継母が乗り移ったかのようである。

殿の上ぞ、さかしう、「何とのたまひ分きたる方はなけれど、あやしの御心地のさまや。この御ありさまこそ心得ね。故上おはせずなりては、心地などむつかしき折は、見つけ給ひては嬉しげにこそおはせしか、このたびはさま変はり、御目をだに見合はせ給はず。御答へも絶え絶えにて、隙なく御涙の流るるは、御物の怪にや。また、思ひ出づれば、昔、大将の上の、心よりほかの契りありしにこそ、かうはありしか。（106）

末の妹の示す、常とは違う不審な様子に、大君が真っ先に気づくことができるのは、彼女が継母の死後、その役割を引き継いでいるからに他ならない。この密通事件の全体を通じて、北の方は大君によって何度も、その精神的な系譜関係を確認するかのように想起される。三位中将の子を懐妊していることが判明し、ただ泣きくれるのみの妹を気丈に慰める時も、「これにつけても、故上おはせましかば、いかに言ふかひあらまし（118）」と、その継母の不在が悔やまれてならない。事態収拾の為に、中の君に相談を持ちかける場面でも、

故上の御ありさま思ひ出でられて、「大将のわりなく惑ひ入り給ふし折り、言ふかひなき我を頼もし人とて、言ひ合はせ給ひし」など、互ひに語り出でて、猛きこととては、

堰もあへぬ御さまどもなり。（120）

と、三位中将の兄である「大将」（権中納言のこと）が、東宮妃として入内を期待されていた中の君の寝所に押し入った同様の事件を回想しつつ、北の方について言及することを忘れない。

しかし、この言及は、単なる漠然とした追想という域に収まらない。同母姉の中の君ではなく、大君こそが主導権を握らなくてはならない物語の要請の一つがここに明らかにされているからである。大将事件の際の記述を確認したい。

上は大納言殿の上の御方におはして、ありつること語り給ひて、「今は春宮にもいかがせん。この御こころざしを見んと思ふにも、人の御心こそ苦しけれ」とのたまふに、頼もし人の御答へしも言ふかひなく、うち嘆きて口閉ぢ給へる（40）

春宮への入内は按察使大納言家の念願であったが、結局それは断念されてしまった。繰り返しは許されない。波線部の照応関係からも判るように、前回の事件の際に、自分を「頼もし人」と信頼して相談を持ちかけてくれた継母の期待を裏切ったという悔恨の念が、事件の隠蔽工作に大君を突き動かす陰の原動力となっている。北の方の遺志は、引き継がれなければならないのである。

このように考えてくると、三姉妹による、三つの恋物語の反復の構造が明らかとなる。これらは、いわば引き延ばされた悲恋遁世譚なのであり、その遅延による不安と苛立たしさの効果こそが、登場人物のレベルで言えば、密通事件を隠蔽していく心理的な必然として機能しているのである。神田氏は、「この物語にみられる以上のような平穏さはいったい何を意味するのであろうか」(8)との問を発しているが、その「平穏さ」とは、反復される絶え間のない不安によってこそ保証されているのであり、それこそが秩序を醸成する要諦であることを、『海人の刈藻』という物語は、三つの恋物語の反復を通じて語っているのである。

姉妹の活躍によって、三位中将との密通と、それによる出産とを隠し通した後、三の君に晴れて立后の宣旨が下る。

姉君たち聞き給ひて、「かかるにつけても、故上おはせましかばいかに喜び給はん」と、まづ思し出でらる。（156）

「まづ」という表現に端的に現れているように、姉妹にとってのこれまでの努力は、亡き継母の存在によって根拠づけられている。北の方と三姉妹の絆は、ここに至ってより強固に結びつく。入内・立后という、本来なら「家」の繁栄のための論理を体現し実現させるのは、この物語では「家」に属する女の構成員である。一方で、肝心の父たる按察使大納言や男兄弟たちの影はおどろくほどに薄い。しかしながら、それは女同士の強固な絆の証というよりは、不安をめぐる感情の力学における、男女の不均衡さ加減を示しているにすぎない。前章では、男主人公の悲恋遁世を代償に、男同士が持つ「物語」をめぐる「共感」こそが「罪」を隠蔽していく構造を論じたが、同じ「しのびね型」悲恋遁世譚と言っても、『海人の刈藻』では、女の「不安」こそが「罪」を隠蔽し、物語世界に秩序をもたらすのである。

絶え間の無い不安こそが、秩序を呼び寄せているのだから、三の君立后で物語が閉じられることはない。彼女達にとっての大団円は限りなく先送りされていく。不安と秩序の物語は、その後の世代へと受け継がれる。簡略に述べるが、三位中将と三の君との間に生まれた不義の子である若君は、兄権中納言の養子として育てられており、自らの出生の秘密を知らない。物語は、この若君と、中宮の姫宮との間の兄妹相姦の可能性を仄めかしつつ展開するが、今回は中の君が若君に出生の真相を伝えることによって、その危機が回避される。(9) 大君から中の君へと、秩序の維持者が引き継がれ、不安と秩序の弁証法がもたらす効果にも容易に終わりは訪れない。(10)

六　終わりに

『海人の刈藻』という物語に示される秩序は、反復によって醸成される登場人物たちの不安感に正確に対応している。しかし、それ以上に、はぐらかしの反復が持つ物語効果を、より直接に実感できる位置に立たされているのは、言うまでもなく読者という存在である。王朝物語を愛好し、その内容を知悉している度合いの深い読者であればあるほど、その効果は一層高まるだろう。そして、不安によって呼び覚まされた秩序への要求は、物語を読む行為とその過程の中にも潜んでいる筈である。読むことの不安と快楽とは表裏一体である。本章が、物語の深層にある主題ではなく、表層の効果にこそ拘った理由の一つがそこにある。書かれた物語は、必ず何らかの結末を迎えなければならないが、効果そのものは持続する。読者の性別を、その読書行為の変数として用いるならば、問題の視界と射程はさらに拡大するだろう。

「しのびね型」と総称される話型を持つ悲恋遁世譚を、『伊勢物語』を始発とする、王朝的な「罪」の「物語」を、中世の等質的な貴族社会の中で馴致し、適度に消費してゆく為の実践として位置づける必要がある。(11) 発展と主題の文学史だけではなく、言説の効果を問う文学史の構築が求められるのである。

【注】

（1）中村真一郎「苔の衣　あまの刈る藻」（『王朝物語』新潮文庫、平成10年（原著は潮出版社、平成5年））。

（2）市古貞次「公家小説」（『中世小説の研究』東京大学出版会、昭和30年）、妹尾好信「『海人の刈藻』の『源氏物語』受容」（『中古文学の形成と展開——王朝文学前後——』和泉書院、平成7年）など。

（3）「小野」に「時雨」という道具立ての共通性からは、『浜松中納言物語』巻四で、中納言と式部卿宮によって展開される女性談議中にその名が見え、散逸物語ではないかと推定されている「をのの時雨の宿」との関連性などまでが興味深く視界に入る。また、『風葉集』には、『雨宿り』という名の散逸物語が見える。

（4）本書第一章を参照。

（5）その意味で、語句の厳密な一致を基本にした出典探しには限界があると考える。例えば、『中世王朝物語全集』（妹尾好信校注）では、後者の「いかなる見えぬ山路」の例として、「世の憂き目見えぬ山路へ入らむには思ふ人こそほだしなりけれ」（古今集・955・良名）を注として掲げるが、前者「いかなる山の奥」に関しては、何の注もつけていない。

（6）「仮装することの快楽、もしくは父子の物語——鎌倉時代物語論——」（『物語文学、その解体』有精堂、平成4年）。

（7）阿部好臣氏に、「大君（先妻の子）を権大納言は北の方にむかえるのだが、その幸福な結婚が、作品全体を規定しているといえる」（「あまのかるも」『別冊国文学王朝物語必携』学燈社、昭和62年）との示唆的な指摘がある。

（8）前掲注（6）に同じ。
（9）神田氏は前掲論文で、「しのびね型」の悲恋遁世譚を、父子関係を視座として読み解いているが、その中でこの兄妹相姦の回避について、一人悲しむ若君の夢に、父が現れる点に注目し、「亡父の霊に励まされた彼は、再び家のために生きる意欲を俄然とりもどすことになるのであった」と、その絆を強調する。その点に全く異論はないが、父が励ますだけなのに対して、具体的な危機回避の行動が、中の君によって担われている点にこそ本章は拘った。
（10）本章は、登場人物論を目的としていないので詳述はしないが、中の君には男子が与えられていないという点を指摘しておきたい。
（11）中村氏は前掲著書の中で、この物語が兄妹相姦を回避した点について、あくまで「文学」的な立場から、

これは、源氏と義母との秘めたる情事に胸をおどらせ、その乱倫のきわどさを文学的効果として、戦慄しながら愉しむことのできた、十世紀から十一世紀にかけての、王朝盛時の生命力、つまりエロスの旺盛だった読者に比べて、作者も読者も何と臆病になり果てたことだろう。そうして、このような日常道徳に盲従して、人生の危機を回避する物語の進行は、その作品を通俗的にするものであることは、文学史上の常識である。

と述べるが、「臆病さ」の意味論のようなものが求められるだろう。

第六章 『うたたね』における物語引用の位相
――物語引用と回想表現――

一　はじめに

本章と次章では、前章までの議論とは異なり、「しのびね型」の流行と同時代に成立した一つの仮名日記作品を対象にしたい。物語を引用するという姿勢、方法論の相違を確認することによって、前章までに検討してきた「しのびね型」という話型の特質をより明瞭に浮かび上がらせることを目論んでいるからだ。

物語作者と同様に、同時代の日記の執筆者たちにとっても王朝時代の作品群の影響は圧倒的であった。輝かしい前代の古典遺産に対峙して、新たな作品を作り出す営みには、憧憬から反発に至る様々な困難と葛藤とが予想される。中でも、阿仏尼作とされる『うたたね』は、先行する王朝時代の作品からの影響が顕著な日記作品として、先学によってその古典引用の有りようが様々に指摘されてきている。本章では、古典、中でも物語文学との関わりを中心に、『うたたね』という作品形成における、その表現位相について論述するつもりである。表現や構成の先蹤としての物語という強力な磁場の中で、新たな表現世界を獲得することの、同時代における可能性と限界とを非常に興味深い形で提示している作品と考えるからである。『うたたね』は阿仏尼が、若き日の自らの失恋とそれに続くいくつかの事件の顚末を回想して書き綴った日記作品である。記録的な女房日記の性格を多分にもつ同時代の他の女流日記に比して、あくまで私的な経験のみを、和歌や物語など先行の文学作品を縦横に取り込んだ修辞的な文体によって記したこの日記は、中世という時代を生きた女性が獲得し得た散文の質を測定する数少ない物差しとして現代の研究者の前に残されている。『うたたね』の叙述における中世的な性格としては、日記前半の雨中での出家行における桂の里人と出会う場面、あるいは後半の紀行部分に散見される旅先の情景や人物に対する客観的描写の特質を中心に議論されるのが常であった。

一方、彼女の古典に対する豊富な教養に裏打ちされた装飾的な文体は、王朝的世界を引き継ぐものとしての『うたたね』という作品の質を示すものとして、これまでの研究史においても様々に論述の対象となってきた。中でも作り物語の引用に関しては、日記という一つの作品形成の過程における自己劇化や脚色といった、いわゆる虚構化に関わる議論を中心に検討が積み重ねられてきた。しかし、これまでの引用論は、日記叙述というものの持つ回想という形式について、分析対象としてあまり自覚的に扱ってこなかった傾向がある。今関敏子氏は日記叙述の特質について、「日記文学とは〝作者及び作者の体験〟を素材にしていることが前提であり、作者は、〝自己及び自己の体験〟という素材を、ある視点から意味付けし、主題によって取捨選択し、構成してひとつの完結性をもつ世界を創造する」と明快に論じている。[1] 日記作品が孕む、根元的な虚構性への指摘として重要である。しかし、これまでの研究史において、その素材と視点とを腑分けする作業が充分になされてきたとは言い難く、本来分析対象とするべき作品を意味付ける視点そのものが、論者の素材に対する姿勢として暗黙のうちに前提とされてきた状況は否定できない。

『うたたね』の持つ叙述態度については、「「唯我主義」の「唯心論」の思索の書」[2]とも評され、主にその内面描写の分析を中心に自己陶酔的な態度が指摘されてきた。[3]その一方で、「全体が失恋の回顧という一つのモチーフにまとめられ、折々の回想に執筆時の自己分析をも挟んで、すぐれた日記文学となっている」[4]との指摘もある。これら相反する評価の存在は、作品から統一した視点を抽出することの困難さを示しているものと考えられるが、本稿ではまず第一に、これまで作り物語の引用とされてきた箇所では、作品の示す叙述態度にある種の傾向性がうかがえる点を論じたい。作り物語引用に関わる叙述の在り方について再検討を施すことによって、この作品の持つ「ある視点」の一端を明らかにしたいと考えている。

二　作品冒頭部の解釈をめぐって（1）

『うたたね』の叙述形成における作り物語引用という問題を考えるにあたって、まずはこの作品冒頭部の分析から始めることにしたい。

夢うつつとも分きがたかりし宵の間より、[1]関守のうち寝る程をだに、いたくもたどらずなりにしにや、[2]打しきる夢の通ひ路は、一夜ばかりの途絶えもあるまじきやうに慣らひにけるを、さるは、月草のあだなる色を、かねて知らぬにしもあらざりしかど、いかに移りいかに染めける心にか、さもうちつけにあやにくなりし心迷ひには、「伏柴の」とだに思ひ知らざりける（158）

この一節が、『伊勢物語』六十九段の「君や来しわれやゆきけむおもほえず夢かうつつか寝てかさめてか」および、五段の「人しれぬわが通ひ路の関守はよひよひごとにうちも寝ななむ」という二首の「昔男」詠を念頭において叙述されていることは、既に先学によっても指摘されている。阿仏はここで、自らの不調に終わった恋愛の回想を、先ず『伊勢物語』を引用することによって提示しているのである。昔男による、斎宮と二条后との「密通」を語る有名な二つの章段は、作者のおかれていたかなわぬ恋の有り様を浮き彫りにし、またそのようなものとして自らの経験を虚構化する為の枠組みとして、様々に読解されてきた。(5) しかし、その引用の在り方をめぐる議論の前提ともなっている、当該箇所の理解については、いまだ検討の余地が残されていると考える。

先ず、傍線部1について代表的な二種の注釈書の解釈を参照してみる。

・恋の通い路を邪魔するものに気づかれないように、そっと隙をうかがうようなことさえあまりしない。大っぴらに通ってきた、の意。（中略）関守は恋の通い路をさえぎるもの。

「いたく」は下に打消の語を伴って、たいして。「たどる」は困難な道を悩み悩み行く。(『全訳注』)(6)

・恋の通い路を邪魔する者に気づかれない隙をうかがうことも、あまりしなくなった故か。男の通いや二人の逢う瀬が次第に大胆になったことを表す。伊勢物語五段の歌による。(『新大系』)(7)

二つの注釈書は、この部分に対して共通の解釈を示している。また、該当部を扱った論文の中で、その解釈に異論を提示しているものは無い。しかし、右記のような解釈に対しては、いくつかの疑問が残る。それは、「いたくもたどらず」という打消表現を含むこの一節を、阿仏のもとへの男の大胆な訪れと解釈すること自体の妥当性についてである。その問題点について先ずは検討してみたい。

従来の解釈では、「たどる」という語義に、「隙をうかがう」という意味を含み持たせた上で、「いたくもたどらず」という単なる打消表現から、「男が大胆に通ってくるようになった」という裏の意味を導き出している。そのような解釈を想定し得る根拠は、おそらく副詞「だに」の存在に求めることができる。言うまでもなく「だに」は、程度の甚だしいものを挙げることによって他を類推させる働きを持っている。これまでの解釈は、この「だに」の用法に従って、「隙をうかがうようなことさえしない」ことの背後に、大胆に通ってくる男の姿を想定してきたのである。しかし、「だに」が下接しているのは、あくまで「関守のうち寝る程」である。とすれば、そこから類推することが可能な表現は、本来「関守の起くる程をいたくもたどらず」となるはずである。あえて解釈すれば、「関守が起きている時に、隙をうかがうことをしないのは当然としても、関守がちょっと寝ている時に、その隙をうかがうことさえあまりしなくなった」となり、従来のような解釈を表現そのものから直接に導きだすことはできない。また、そもそも『伊勢物語』の昔男が、関守に対して「うちも寝なむ」と願ったのは、関守が起きていれば女のもとに通うことは不可能であるとの認識を前提としているからである。とすれば、関守の「隙をうかがう、うかがわない」という対立を、「起くる、寝る」を軸として想定してしまうこと自体が、昔男詠の前提と矛盾している。この矛盾を解決する為には、「たどる」という語義そのものを検討し直す必要があるだろう。

『うたたね』には、他に「たどる」の用例が二例ある。

・暗きより暗きにたどらん長き夜のまどひを思ふにも、いとせめて悲しけれど　（167）

・いづくの野も山もはるばると行くを、泊りも知らず、人の行くにまかせて夢路をたどるやうにて　（172）

先の例は、出家を遂げた直後の阿仏が、それでも消えることのない迷いの心を記す場面。後の例は、都を後にした阿仏の旅中の経験を記した場面である。ともに、「たどる」は、暗く知らない道を迷いつつ行くことを表す。迷いながらも、猶「たどる」という行為がやめられないのは、何らかのたどり着くべき対象が前提とされているからである。そのような、対象として自らの恋の相手が措定され、しかもそこに障害がある時、その間柄は「たどる」べき隔たりとして認識される。『狭衣物語』巻二の狭衣詠、

吉野川浅瀬しらなみたどりわび渡らぬなかとなりにしものを

は、自らを吉野川を行きなやむ船に、義妹である源氏宮を対岸に、それぞれ擬したものであるが、二人の関係を「たどる」べきものとして捉えていることを確認しておきたい。

以上に確認してきた「たどる」の用法に従って、『うたたね』の該当箇所についても理解するべきなのだが、その前に傍線部2の解釈についても触れておきたい。というのも、これまで問題にしてきた、男の訪れが大胆云々の解釈と、この部分の解釈との間には密接な関わりがあると考えられるからである。

三　作品冒頭部の解釈をめぐって（2）

「打しきる」は、何らかの事態が頻繁に生じることを意味し、「一夜の途絶え」も置かずに通ってくる男の姿は、確かに大胆と形容するに相応しい。しかし、「打しきる」はあくまで「夢の通ひ路」の連体修飾語である。『新大系』は、「夢の通い路」に「今から思えば夢のような、男の通い」と簡略に注する。『全訳注』では注そのものが付されておらず、現代語訳として「恋の逢瀬」という表現が当てられている。文脈上、そのような解釈を採用することには、一見問題がないように思える。しかし、「夢の通ひ路」という表現が、和歌世界の中で生成してきた表現であることを考慮すべきである。

「夢の通ひ路」あるいは、「夢路」という歌語は、現実には逢いがたい男女が、現実を越えて逢える方法として認識され、詠まれてきた。『古今集』の、

住の江の岸による浪よるさへやゆめのかよひぢ人めよくらむ　（恋二・559・敏行）

限なき思ひのままによるもこむゆめぢをさへに人はとがめじ　（恋三・657・小町）

などがその代表例であり、同様の発想の下に詠まれた歌は数多い。その内、「夢路」という歌語に関しては、阿仏の生きていた時代には既に、単なる「夢」と変わらぬ意で用いられて

いたことが指摘されている。(8) しかし、その一方で「夢の通ひ路」という歌語には、『古今集』以来の意味が濃厚に受け継がれていたであろうことが、

はかなしや枕さだめぬうたたねにほのかにまよふ夢のかよひぢ
（千載集・恋一・677・式子内親王）

草枕むすびさだめむかたしらずならはぬのべのゆめのかよひぢ
（新古今集・恋四・1315・雅経）

ねざめまでなほぞくるしきゆきかへりあしもやすめぬゆめのかよひぢ
（続古今集・恋三・1185・有家）

などの例から見て取ることができる。古典に対する教養の深かった阿仏が、そのような「夢の通ひ路」の持つ意味に鈍感であったとは考えがたい。『うたたね』には、もう一例、

日数経るままに都の方のみ恋しく、(中略) 荒磯の波の音も、枕の下に落ち来る響きには、心ならずも夢の通路絶え果てぬべし。
（174）

との用例があり、現実には遠く隔てられた都との距離を縮める方途として「夢の通路」とい

う表現がやはり用いられている。恋人の北の方の存在が、作品中に書かれていることを考え併せても、頻繁だったのは、あくまではかない「夢の通ひ路」であったと理解するべきだろう。勿論、そのことは、現実の逢瀬が実際に行われていたことを否定するものではない。現実の逢瀬が、阿仏の記すように「夢うつつとも分きがた」い程にはかない時、その逢瀬は、「夢の通ひ路」での経験として再認識される。

忍びたる所より出でて、あしたに遣はしける　　うき波の権中納言

人はいさうつつがほにや覚めぬらんまだ明けぬ夜の夢の通ひ路　（911）

御返し　　皇后宮

身を換ふるこの世のほかと思ふまに今こそたどれ夢の通ひ路　（912）

『うきなみ』は藤原隆信作で知られる散逸物語で、永暦元年（一一六〇）から治承四年（一一八〇）の間の成立と推定されている。(9)『無名草子』に取り上げられ、『風葉集』にも一七首の和歌が収められていることから、阿仏の同時代には評判の物語であったことが推測できる。「忍びたる」逢瀬を、「夢の通ひ路」と認識し、あなただけは現実の世界に戻ってしまったの

でしょうね、と歌いかけてきた男に対して、自分こそはいまだに「夢の通ひ路」を「たど」っているのですと皇后宮が切り返す。この贈答歌は『風葉集』に収められているものだが、「夢の通ひ路」と「たどる」という行為の密接な関係をも明らかにしている点で興味深い。「夢」と「関守のうち寝る程」との関係について付言すれば、阿仏の同時代からはやや遡るが、鎌倉時代初頭に成立した『無名草子』にも、

何の筋と定めて、いみじと言ふべきにもあらず、あだにはかなきことに言ひ慣らはしてあれど、夢こそあはれにいみじくおぼゆれ。遙かに跡絶えにし仲なれど、夢には関守も強からで、もと来し道もたち帰ること多かり(19)

との記述があり、問題にしてきた『うたたね』冒頭部との、発想の基盤における類似性をうかがうことができる。

以上に確認してきた「たどる」と「夢の通ひ路」という語句に対する理解に従えば、男が「いたくもたどらず」なったのは、阿仏のもとへの通い路であって、それは男の訪れが絶えてしまったことを示していると考えられる。関守の「うち寝る程」という、本来ならば絶好の逢瀬の機会にすら、男の通いが殆ど絶えてしまったことを、阿仏は『伊勢物語』を引用しつつ、「いたくもたどらずなりにしにや」と記しているのである。そして、副助詞「だに」

が暗示するのは、関守の「起くる程」に、「夢の通ひ路」をたどってくるほどの熱心さを持ち併せるはずもない男への諦念であり、そこから読みとれるのは、決して物語世界への傾倒や陶酔といったものではありえまい。

『伊勢物語』を典型として育まれてきた悲劇的で情熱的な恋愛風景と、自らの体験との差異を認識することによって選び取られたのが「関守のうち寝る程をだに、いたくもたどらずなりにしにや」という表現であった。自らの恋の経緯と物語との関係を自問自答することによって、過去の自己を対象化する為に選ばれたのが、「〜にや」という疑問表現であったと考えられる。当然、このような自己対象化は恋愛の進行時にではなく、執筆時の回想過程の中で行われていったのであろう。自らの恋人が、『伊勢物語』の昔男のような恋人ではなかったのかもしれない、という執筆現在の疑念の中からこの作品は書き出されているのである。『うたたね』に引用される物語世界の位相は、既にしてその作品の冒頭部からして屈折した問題を孕んでいると言えそうである。

四　物語引用の姿勢

かの小さき童にや、忍びやかにうち叩くを聞きつけたるには、かしこく思ひ鎮めつる心もいかになりぬるにか、やをらすべり出でぬるも、われながら疎ましきに、月もいみじく明ければ、いとはしたなき心地して、透垣の折れ残りたる隙に立ち隠るるも、かの常陸宮の御住まひ思ひ出でらるるに、「入る方慕ふ人の御様ぞ、事違ひておはしけれ」と、立寄る人の御面影はしも、里分かぬ光にも並びぬべき心地するは、あながち思ひ出でられて、さすがにおぼし出づる折もやと、心をやりて思ひ続くるに、恥かしきことも多かり。（162）

久方ぶりの恋人の来訪を記す一節である。「かの常陸宮の御住まひ」とは、『源氏物語』「末摘花」巻での末摘花の住居を指し、「里分かぬ光」は同巻中の光源氏詠に拠り、引用した本文中では光源氏を意味する。この場面が、光源氏が末摘花の荒廃した邸宅を訪れる場面を踏まえた記述であることが明らかである。この箇所の記述についても、「現実の恋人を理想化する意図」[10]や、あるいは「自らを高貴な男性の訪れを受ける零落の姫君として描こうとする意図」[11]等が指摘され、『うたたね』という作品の質を端的に示す場面として注目されてきた。また、長崎健氏は、この場面について、

最も日常的体験であり現実であった恋愛状況を表現し伝達する機能を当代の散文に認めていなかったのであろう。そのことは、源氏物語の恋愛場面に身をすり寄せることでしか愛の喜悦と不安を表現することができなかったことにみることができよう[12]

と論じ、この作品の「内的照射の方法としての散文の機能」の不備を証するものの一つとして位置付けた。長崎氏の論は主に、作品中に頻出する伝統的な和歌世界の用語の機能に焦点をあてることによって、この作品の心情表現の特質に迫るものであり、首肯すべき見解も多い。しかし、当該部に関しては、むしろあまりに直截なその『源氏物語』引用の在り方をこそ問題にするべきだろう。「かの常陸宮の御住まゐ思ひ出でらるる」と、物語の一場面を想起している主体が明記されていることからも明らかなように、この文脈での『源氏物語』の位相とは、地の文と融合することによって作中世界との重ね合わせの効果を意図する「引用」と言ったものではなく、むしろ『源氏物語』と同一化していた過去の自身の姿への「自己言及」とでも称すべきものである。従って、そこから読み取るべきは、『源氏物語』と二重写しされることによって理想化され脚色された阿仏と恋人との姿などでは決して無く、物語世界のような理想像として恋人との関係を捉えていたことを、「心をやりて思ひ続くるに、恥かしきことも多かり」と反省的に見つめ直す、執筆時の阿仏の視線と姿勢なのである。

自ら髪を切っての突然の出家行についても、様々な表現や人物設定の対応をもとに、『源氏物語』「浮舟」巻の引用が指摘されている。ことに、出家の決意を固めた直後の

歎きつつ身を早き瀬のそことだに知らず迷はん跡ぞ悲しき

身をも投げてんと思ひけるにや。（164）

という和歌と、それに続く一文は、阿仏が自らの出家を、浮舟の入水と同一の次元のものとして解釈していることの明証とされてきた。男との関係の行き詰まりから入水を遂げる女性の姿は、『狭衣物語』の飛鳥井君をはじめとして、作り物語の典型的な一場面を構成する。[13]しかし、『全訳注』が「思ひけるにや」に対して、「その時を冷静になった後に回想し、また自己の言動を物語中の人物のごとく客観化して表現した」と注するように、阿仏の自らの出家行に対する眼差しは冷静であり、醒めているとさえ評し得るものだ。また、作り物語引用による自己劇化を読みとるには、その核心である入水に関しての言及はこの箇所のみであり、あっけなさすぎるのである。おそらく、ここで阿仏は、自らがかつて詠じた和歌に対して敏感に反応しているのである。

日記表現が根本的に回想の産物である以上、そこに記された過去の経験は、必然的に事実としての出来事からは偏差を孕んだものとならざるをえない。しかし、日記表現の中で唯一過去を直接に指示していると通常考えられるのが和歌なのである。渡瀬茂氏はそのような和歌の持つ機能について、

和歌が現在と過去の二つの時空にかかわり、一首の和歌が過去に詠まれた和歌であると

同時に現在眼前に提示されている和歌でもあるという性格が、否応なしに現在と過去とを結び付けている。だから、表現主体は過去の事象とかかわると同時に眼前の和歌にもかかわることになり、しかも和歌という回路は否応なしにこの表現主体を過去に関係付けてしまうことになる。そして、すでに和歌という回路によって表現主体は過去の事象と関係付けられてしまっているのだから、自らを過去の事象から断ち切ることはできないのである。(14)

と論じている。自らがかつて詠じた、浮舟の入水を想起させる和歌の存在を前に、「身をも投げてんと思ひけるにや」と記すのは、このような和歌の機能に拠っているのである。どうしようもなく物語的であった自身の過去の姿と、それを執筆時点から含羞とともに見つめ直す阿仏の姿が先の引用部からは読みとれるのである。確かに、出家をめぐる一連の経緯は極めて劇的なものであり、そこに虚構の入り交じっている可能性はある。しかし、こと引用の効果としてその虚構性を論じることに対しては、疑念を抱かざるを得ない。

本節までに確認してきたように、『うたたね』に関して、主に作り物語引用を中心に論じられてきた作品世界の虚構化や理想化といった問題は、むしろ作品中で回想された過去の時点で生じているのであり、作品そのものがそのような過去を対象化する視点を既にして備えていることを軽視するべきではない。『うたたね』における、作り物語の位相とは、決して陶酔や傾倒や自己劇化の為の対象ではなく、むしろ、そこからの差異を認識することによって、現在の自らの在り様を照らし出す為の手がかりとして提示されているのである。『うたたね』という作品が持つ散文の特質を述べるとしたら、そのような作り物語への対象化や客観化の視点が、結果として執筆時現在の指標として機能しており、そこから作中人物ではなく執筆主体である「私」の姿を、断片ではなく意志を持った統一体として構成することを可能にしている点に求められよう。[15]勿論、このような消極的な形でしか主体を表出し得ないことの限界は否めない。長崎氏が、「心情表現の内的照射の方法としての散文の機能を『うたたね』の時期には文体として発見していなかった」と結論付けられた理由もそこにあろう。しかし、物語世界への懐疑や疑念の表明を通してかろうじて現象してくる「私」を切り捨てる訳にはいかないし、この「私」を無視したところに引用論は成立し得ないのである。

さて、以上の考察は主に作品前半を占める失恋回想部に偏っていたのであるが、そこから看取することのできた作り物語に対する眼差しは、どのように作品後半の紀行部分と関わってくるのであろうか。次節では、その点について検討したい。

五　王朝的世界からの隔絶

『うたたね』の後半は、養父の任国である遠江への下向から都への帰還までが記され、紀行的な要素を多分に持ち合わせている。文体的にも、過去と現在を結びつける働きを持つ助動詞「けり」が前半に比して激減し、情景描写に徹した簡潔な表現が目立つ。ことに、洲俣の渡し場の情景は、人足たちの荒々しいののしりあいを活写しており、「王朝以来の修辞法から脱出した文体」(16)の一つとして注目されてきた。しかし、これまでの議論との関わりを考えた時により興味深いのは、三河国八橋を訪れた際の次の一節である。

三河国八橋といふ所を見れば、これも昔にはあらずなりぬるにや、橋もただ一つぞ見ゆる。かきつばた多かる所と聞きしかども、あたりの草も皆枯れたる頃なればにや、それかと見ゆる草木もなし。業平の朝臣の「はるばるきぬる」と歎きけんも思ひ出らるれど、「つましあれば」にや、さればさらんと、少しおかしくなりぬ。(173)

八橋は『伊勢物語』の東下り章段で有名な歌枕であるが、阿仏の眼前に広がっているのは、『伊勢物語』の「昔」とは全く異なってしまった当地の現実である。そのような光景を前にして、九段の有名な「から衣きつつなれにしつましあればはるばるきぬるたびをしぞ思ふ」という和歌を思いだし、自らを失意の業平と比定してみようとはするものの、結局は「少しおかしくなりぬ」と韜晦せざるを得ないのである。(17)ここには、前節までに確認してきた王朝的物語世界への懐疑と共通した眼差しが確かに認められる。このような旅先での経験こそが、執筆時での王朝的物語世界への懐疑を準備したとさえ評し得るのではないだろうか。換言すれば、執筆時の「私」による、「物語」的であった過去の恋愛の対象化が前半の回想部から読み取れたのに対して、この場面からは回想現在の阿仏による、「物語」という虚構の発見の過程が読み取れるのである。

作り物語の引用ではないが、遠江に下向する直前の阿仏が自らの境遇を、流浪し落魄する小野小町の姿になぞらえていたのも注目される。

いとせめてわび果つる慰みに、誘ふ水だにあらばと、朝夕の言草になりぬるを、その頃、後の親とかの頼むべき理も浅からぬ人しも、遠江とかや（後略）（171）

傍線部が『古今集』の小町詠、

わびぬれば身をうき草のねをたえてさそふ水あらばいなむとぞ思ふ（雑下・938）

を踏まえていることは、既に指摘されている。この歌は本来、小町の落魄を意味する歌ではないのだが、平安時代末から流行するいわゆる小町落魄説話の形成に大きな役割を果たしたらしく、(18)一首の歌意にとどまらぬ物語的な広がりを背景に想定することができる。小町歌の引用以外にも紀行部には、『源氏物語』「須磨」巻の、光源氏の須磨下向部からの引用も指摘されており、先の業平と併せて、失意のうちに流離する者の系譜上に阿仏が自らを位置付けていたことがうかがえる。しかし、引用の格助詞「と」の存在が示すように、小町歌が意識されていたのは明らかに回想現在の「朝夕」のことであり、従って指摘されてきたような執筆時の虚構化とは関係ない。小町歌の引用は、作品結末の述懐部にも、

その後は、身を浮草にあくがれし心もこり果てぬるにや、つくづくとかかる蓬が杣に朽ち果つべき契りこそはと、身をも世をも思ひ鎮むれど、従はぬ心地なれば、又なり行かん果いかが。（177）

と繰り返されており、阿仏の遠江下向を意味付ける重要な枠組みとして確かに機能している。そして、「こり果てぬるにや」との表現が示すのは、小町像への同一化から始められた流離への旅が、予想に反してあえなく中断してしまったことに対する、自嘲とも後悔ともつかぬ自己対象化の記述であろう。小町や業平の濃厚な影を揺曳させつつ始まった遠江下向が、「いと幼くよりはぐくみし」人の病の報告によって、あっさりと中断してしまうという旅の軌跡そのものが、既にして王朝的世界からの隔たりを示してしまっているとも言える。「なり行かん果いかが」と、半ば投げ出すようにして、作品としての『うたたね』は閉じ

られる。しかし、ここまでの議論を参照するならば、それが決して単なる漠然とした未来への不安感の表明でないことだけは確かである。阿仏の「なり行かん果」とは、自らが体験した「物語」的な過去を見つめ直す眼差しの、その先に見据えられていると考えるが、その問題は次章で取り上げることとしたい。

【注】

(1) 今関敏子「『うたたね』の主題——物語世界の享受」(『中世女流日記文学論考』和泉書院、昭和62年)。

(2) 島内景二「『うたたね』——感動的な少女の日記——」(「解釈と鑑賞」、平成9年5月)。

(3) 前掲注(2)論文等。

(4) 福田秀一『新日本古典文学大系　中世日記紀行集』(岩波書店、平成3年)「うたたね」の項解説。

(5) 大倉比呂志「『うたたね』論——冒頭部における先行文学の引用をめぐって——」(「解釈」昭和63年2月)等。

(6) 『うたたね　全訳注』(講談社学術文庫、昭和53年)。

(7) 『新日本古典文学大系　中世日記紀行集』(岩波書店、平成3年)。

(8) 片桐洋一『歌枕歌ことば辞典』(角川書店、昭和58年)。

(9) 『うきなみ』については、樋口芳麻呂「うきなみ物語考」(「国語国文」昭和39年2月)を参照。

(10) 島内景二「『うたたね』の表現様式——中世に蘇った『源氏物語』——」(「電気通信大学紀要」平成6年6月)。

(11) 村田紀子「『うたたね』の古典摂取の方法——巻末の述懐を読み解く——」(「国文学研究」平成6年3月)。

(12) 長崎健「『うたたね』——「心情」の表現——」(「日本文学」昭和61年1月)。

(13) 『うたたね』の叙述における和歌表現の機能については、寺島恒世「『うたたね』の試み」(「国語と国文学」平成4年5月)等がある。作り物語引用と和歌引用とは位相を異にして考えるべきだというのが、本章の前提である。

(14) 渡瀬茂「『大和物語』の「けり」——その文法機能と文体表現——」(「日本文学」平成7年3月)。

(15) 勿論、この「私」と、歴史的存在としての阿仏尼とを直接的に結びつける訳にはいかず、別の水準で考えるべきである。この問題については、次章を参照。
(16) 前掲注(12)論文。
(17) 安藤淑江「『うたたね』の主題――「うちつけにあやにく」な心のありかた――」(「名古屋大学国語国文学」昭和61年12月)。同論には、『うたたね』の「王朝の物語世界を模倣しようと試みつつ逸脱してしまう側面」についての言及がある。
(18) 片桐洋一『小野小町追跡』(笠間書院、昭和50年)。

第七章　『うたたね』における語り手と物語
――「なり行かん果」への眼差し――

一　はじめに

『うたたね』は日記作品であるが、〈作者〉が、自己の〈体験〉を〈執筆時〉から再構成して記述するというのがその基本的形式である以上、それは〈作者〉の実人生そのものではなく、必然的に虚構化の問題がつきまとう。『うたたね』における物語引用の問題は、これまで常に、〈作者〉が虚構化に際して用いる素材、いわば参照枠として論じられてきた。例えば、

月もいみじく明ければ、いとはしたなき心地して、透垣の折れ残りたる隙に立ち隠るるも、かの常陸宮の御住まひ思ひ出でらるるに、「入る方慕ふ人の御様ぞ、事違ひておはしけれ」と、立ち寄る人の御面影はしも、里分かぬ光にも並びぬべき心地するは、あながち思ひ出でられて、さすがにおぼし出づる折りもやと、心をやりて思ひ続くるに、恥かしきことも多かり。（162）

前章でも引用した、恋人の来訪を記す一節は、そのあからさまな『源氏物語』引用から、「古代物語世界への憧憬の強い、美文調で綴られる劇的な内面世界」[1]などと評されてきた。しかしながら、むしろこの文脈から浮かび上がるのは、過去の自身の姿を「恥ずかしきこと

も多かり」と記す〈執筆時〉の阿仏の姿である。詳細は前章に述べたが、物語的であった自身の過去の体験を、〈執筆時〉から対象化する、このような記述が他にも数多く見受けられる。つまり、『うたたね』における物語引用の位相とは、自己劇化や理想化の対象、あるいは道具としてではなく、そこからの差異の認識を通じて、〈体験時〉の〈作者〉の在り様を照らし出す為の手掛かりとして提示されているのである。

言うまでもなく日記作品の特徴の一つは、一人称による過去回想形式という叙述形式にあるが、それが常に〈体験時〉という過去を、〈執筆時〉の現在から想起し直して記述するという過程を経る以上、そこには必然的に〈体験時〉と〈執筆時〉の水準の違いの問題が生じる。〈作者〉が、完全に〈体験時〉へと没入して同化的に記述する時、その問題は表面化しないが、多くの場合そう単純ではない。深沢徹氏は、「体験時の自己への「作者主体」による同化と対象化との心理的往復運動こそが、日記文学を根でささえている、もっとも基本的な構造である」(2)と指摘するが、『うたたね』の特徴を述べるならば、そのような〈体験時〉への対象化が、主に物語を媒介にして生じている点に求められる。束《たば》として掴まえることのできる、物語への対象化や客観化の視点の存在が、結果的に〈体験時〉ではない、〈執筆時〉の〈作者〉の姿をある程度意志を持った統一体として抽出することを可能にしているのである。

ここまで、便宜的に〈作者〉という用語を用いてきたが、言うまでもなくこの〈作者〉と実体としての「作者」とは即自的には重ならない。また、〈執筆時〉に関しても、何らかの外部徴証でもない限り、それを現実の「執筆時」だと認定する客観的な基準はどこにも存在しない。従って、本章の目論見も、日記作者の「自己の真実」や「執筆意図」を明らかにしようとするものではない。現代の日記研究者が、作者の「内的真実」の追求を志向してきた経緯に関して、磯村清隆氏は、

テクストを形成している言葉それ自体が、本来的に「作者の」存在を開示するものとして機能しているように読めてしまう場合も少なくない。たとえば、地の表現において用いられた推量や婉曲の助動詞・草子地・係助詞などといった言語要素は、読者を〈作者(言語主体)〉と直接ふれ合わせるような効果をもつ、テクスト上の〈装置〉として働いている。こうした事実を考えると、読者のもつ「作者志向性」は、一見あらかじめテクスト自体の内に組み込まれているかのようである。(3)

と述べているが、本章でいう〈作者〉とは、このようなテクスト上の〈装置〉としての〈作者〉である。物語的であった自らの過去への疑念や懐疑の表明を通して現象してくるこの〈作者〉を、『うたたね』という作品が備える〈装置〉の一つとして対象化する必要がある。このような〈装置〉としての〈作者〉を、以下「語り手」として扱いたい。〈装置〉として

の側面を強調することによって、作品の表現位相における語りの水準の違いを、虚構性の名の下に無化してしまうことなく扱いうると考えるからである。また、そのことによって、〈体験時〉と〈執筆時〉との位相差の問題も、語りの水準、もしくは語りの姿勢の問題としてとらえ直すことができる。では、自身の恋愛と物語との同一視に対して繰り返し反応する語り手に対して、語られる自己（阿仏）から読み取れるのは物語的な恋愛に陶酔する姿だけなのだろうか。日記作品が、語り手と語られる自己の一致を前提に読まれるものである以上、語り手の態度は、語られる自己に対するある種の示唆を伴っていると考えるべきである。以下、物語と自己とを差異化する語り手像に焦点化した上で、作中現在を生きる阿仏の変容を追いかけたい。

二　語りの「枠」と「場」

その後は、身を浮草にあくがれし心も、こり果てぬるにや、つくづくとかかる蓬が杣に朽ち果つべき契こそはと、身をも世をも思ひ鎮むれど、従はぬ心地なれば、又なり行かん果いかが。（177）

『うたたね』巻末のいわゆる述懐部である。自らの失恋とその後の遠江下向の顛末を記した後、唐突に作品は閉じられる。この述懐部に対しては、様々な解釈が施されているが、安藤淑江氏は、「少なくとも、日記の内容が「なりゆかん果」に対する読者の関心をひくものであると作者が認めているものと思われる」とし、作者の対読者意識の存在に言及している。(4)本章の立場にひき寄せるならば、語り手が作中現在と同化的に語ることをやめ、いわば前景化し直接に読者と向き合うという、語りの姿勢の変化がここから読み取れるのである。さらに、安藤氏は、自身の「心」の在り様を関心の中心に据え続けることこそが『うたたね』の主題であるとする立場から、「心」への注視という姿勢を共有する、次に掲げる作品冒頭部と結末との関連性についても指摘している。

物思ふ事の慰むにはあらねども、寝ぬ夜の友と慣らひにける月の光待ち出でぬれば、例の妻戸押し開けて、ただ一人見出したる。荒れたる庭の秋の露、かこち顔なる虫の音も、物事に心を痛ましむるつまとなりければ、心に乱れ落つる涙をさへて、とばかり来し方行く先を思ひ続くるに、さもあさましく果無かりける契りの程を、など、かくしも思ひ入れけんと、我心のみぞ、返す返す恨めしかりける。(158)

この冒頭部を、あくまで作品の進行現在時の中で理解しようとする立場もあるが、(5)自らの恋愛を「さもあさましく果無かりける契りの程」と冷静に認識する語り手の姿勢を、恋愛進行時のものとして考えるのは極めて難しい。この冒頭部も、自身の恋愛に見切りをつけた後の語り手、つまりこれから語られる阿仏のその後の姿が前景化してここに現れていると考えるべきである。また、自らの「なり行かん果て」・「行く先」という未来を、「我心」・「心地」の凝視の中から見定めようとする態度には表現上の共通性も認められる。つまり、この冒頭部は巻末の述懐部と呼応して、この作品のいわば「枠」としての機能を果たしているのである。

さらに、そのような語りの「枠」が抽象的なものとしてではなく、傍線部のように荒廃した邸宅という、ある程度実体化した「場」として作中に明示されていることに注目したい。つまり、この荒廃した邸宅という「場」から語り手によって語り出された「あさましく果無かりける」自身の失恋と旅という「来し方」が、読者を再びこの「場」に引き戻すことによって語りおさめられるという枠構造をこの作品は備えているのである。

月の光に照らされる荒れ果てた庭を見つめる、物思いに眠れぬ女。このような語り手の登場の姿は、「自己を物語中の悲劇的なヒロインのように印象づけようとする」[6]ものとも評されており、確かに強い作為性の感じられる箇所である。しかし、繰り返しになるが、それは物語世界との幸福な一体化による自己劇化を意図してのものなどでは決してない。作中で語り手は、物語と自身の経験との差異にこそ強く反応していたからである。自己の体験した恋愛は、決して物語のようでは無かった。それが語り手の水準における物語に対する認識である。実体的な語り手の立場からしてみれば、自身が物語的な状況と限りなく近似しているという現実があるからこそ、物語との差異を痛切に認識できるのであり、作品を読む読者の立場からすれば、そのような語り手像が仮構されているからこそ、語られる内容の真実味が保証されるという関係性を読み取ることができる。

さて、これまで確認してきた、荒廃した邸宅という語りの「場」は、作中現在では単なる阿仏の居所というより、恋人が訪れる場所として強く意識されている。前節に引用した、久しぶりの恋人の来訪を記す箇所では、自分の居所が「かの常陸宮の御住まゐ」によそえられる。言うまでもなく、これは『源氏物語』中で末摘花の父常陸宮邸が荒廃していたことを念頭に置いての表現である。また、尼寺での出家の後、阿仏は再び自分の居所に帰ったものと考えられるが、近く流れる川の水音を契機に、かつて恋人が出水にも関わらず、川を渡ってわざわざ自分のもとにやってきた幸福な過去が回想される。

門近く細き川の流れたる、水のまさるにや、常よりも音する心地するにも、いつの年にかあらん、この川の水の出でたりし世、人知れず波を分けし事など、只今のやうに覚えて、

思ひ出づる程にも波は騒ぎけりうき瀬を分けて中川の水

荒れたる庭に、呉竹のただ少しうちなびきたるさへ、そぞろに恨めしきつまとなるにや、（168）

そして、往時とは異なり、もはや恋人の訪れの絶えつつある居所を象徴する風景として、やはり「荒れたる庭」が選び取られているのである。

その後、発病した阿仏は病気療養のため愛宕に移るが、その落ち着き先についても、「かねて聞きつるよりも、あやしくはかなかげなる所のさまなれば、いかにして耐へ忍ぶべくもあらず（169）」と、その凄まじいまでの荒廃ぶりが強調される。勿論、ここは阿仏にとって一時的な寓居にしかすぎないのだが、聞き覚えのある笛の音に触発されて詠んだ、

待ち慣れし故郷をだに訪はざりし人はここまで思ひやは寄る（170）

の歌からも分かるように、恋人の訪れを待つ場所としての側面を備えていることを見逃すべきではないだろう。

以上に確認してきたような、荒廃した邸宅という、語りの「場」と、作中での恋人の訪れを待つ場との密接な重なり合いから一体何を読み取ることができるのか。当然、それは、物語と自己とを差異化する語り手と、恋人を待つ語られる阿仏との関係性との問題と無縁では

ないだろう。以下、その点について考察したい。

三　物語的世界からの距離感

さて、世にありと人に知られず、さびしくあばれたらむ葎の門に、思ひの外にらうたげならむ人の閉ぢられたらむこそ限りなくめづらしくはおぼえめ。いかで、はたかかりけむと、思ふより違へることなむあやしく心とまるわざなる。（一・49）

『源氏物語』帚木巻、有名な「雨夜の品定め」での左馬頭の発言である。男にとって格別「心とまる」対象として、荒廃した邸宅に住む零落した女性像を挙げる。その発言をうけるかのように、頭中将も後の夕顔との体験談を、「荒れたる家の露しげきをながめて虫の音に競へる気色、昔物語めきておぼえはべりし（一・67）」と、「昔物語」によそえつつ語っており、そのような女性像が伝統的な物語世界の典型であることが分かる。「露」「虫」等の道具立てについても、『うたたね』の冒頭部と共通しており、阿仏の自画像が物語世界の中から形成されていることが理解できる。『源氏物語』中では他にも、紫上、末摘花、宇治の大君・中君などが、やはり荒廃した邸宅に住まう姫君として登場させられていた。

村田紀子氏は、いくつかの表現の対応を根拠に、『うたたね』と『源氏物語』末摘花、蓬生の両巻との積極的な引用関係を主張する。[7] 荒廃した邸宅で、恋人を待つ阿仏の自己像の形象に末摘花像の影響を読み取るのである。しかしながら、第一節に掲げた恋人の来訪場面以外の箇所については、氏自身が「直接の表現引用・状況や話型の類似ではない」と認めるように、伝統的な「昔物語」の設定や状況の類似にすぎないものが多く、末摘花に限定して一貫した引用関係を読み取ることは難しい。巻末述懐部についても、「つくづくとかかる蓬が杣に朽ち果つべき契」という表現に、「蓬」という語の使用例が蓬生巻に集中することなどを理由に、結末時点の状況における阿仏と末摘花との強い重なり合いを指摘するが、たとえば『宇津保物語』では、俊蔭女の住まいが、「出で入り繕ふ人なき所なれば、蓬・葎さへ生ひ凝りて、人目まれにて（俊蔭）」と描かれていたように、「蓬」の生い茂る邸宅とは、貴顕の男性が零落した女君を訪れる場所として、「昔物語」の典型的な道具立ての一つにすぎないのである。

また、村田氏は、巻末述懐部における阿仏の姿を、光源氏を待ち続けた末摘花像から類推して、「故郷を離れることなく恋人を待つ自己像を造形している」と論じ、それは「旅を経ても恋人を忘れられずに執着していることを意味する」と結論づける。しかし、そのような結論は、前章や本章の前節までに確認してきた物語と自己とを差異化する語り手像から考えても、また作品の展開から考えても到底従えない。安藤氏は、『うたたね』の恋愛経過を詳細に分析した論文で、阿仏の「夢のよう」な恋は、発病転居の際に、思いがけず彼の車に出会い、そのまま行き別れたのを機に完全に終わっているとする。[8] 氏はさらに、「自身の恋愛に対する一種独特の見限り」こそが、この作品の恋愛観の基調であるとも指摘するが、それはまさに物語的な恋愛を対象化し差異化する語り手像から考えても説得力のある見解と考える。

「夢のよう」な恋、物語のような恋愛は既に終わっている。それが、語り手の認識であり、語りの現在である。語り手は、物語への違和を表明することで、読者に作中現在を生きる阿仏による物語との決別を示唆する。事実、病の癒えた後、阿仏は養父の誘いに応じて遠江へ下向する。「あくがるる心」と「さすらふる身」こそが、阿仏の性格を象徴するとの指摘もあり、[9] 遠江への旅からは、物語的な待つ女から、放浪する女へという阿仏像の移行を読み取ることができる。この紀行部分における物語引用についての詳細は前章で既に論じたところである。そして、そこには作中現在の阿仏による、物語という虚構の発見も描かれていた。しかしながら、語り手の語りたかった阿仏像が、このような放浪する姿にのみあるとは考えがたい。恋に破れ、放浪する女という自己像も、小町像の影響を受けた類型的なものなのであり、換言すれば、一つの物語から別の物語へと自己像を移行させたにすぎないからである。事実、再び荒廃した邸宅に阿仏が帰りつくことで作品は閉じられる。そして、その地点から阿仏は語り手に変容する。荒廃する邸宅に住む女の物語とは一体何だったのか。そのことをもう一度確認した後、『うたたね』の結末の意味するところについて考えたい。

四　中世王朝物語との関わり

『古本説話集』上巻に、「或る人所々を歴覧する間に尼が家に入りて和歌を詠む事」という、次のような説話が収められている。「貴なる男」が、「小さき家のあやしげなる」を見つけ、風流心からそこに住む尼に歌をよみかける。

朝夕に煙も立たぬ壺屋には露の命もなににかくらん

といふを聞きて、この尼、

玉光る女籠めたる壺屋には露の命も消えぬなりけり

といふ。

あやしくて、よく問ひ聞きければ、めでたく、光かかやく女を隠し据ゑたるなりけり。尋ね出だして、ひとめにして、めでたくあらせけるとかや。（408）

粗末な家で尼君と住む美しい女君。そこを訪れる貴公子。そして、女君は貴公子の手によって今の境遇から救い出される。一読して、『源氏物語』若紫巻との強い類似性をうかがうことができるのだが、実はこの説話のような物語は他にも数多く存在する。というより、説話化されてしまうほど、それらの物語の道具立てと結構とは類型的であり、また強い影響力を持っていたと考えるべきだろう。末摘花の物語も、勿論その類話の一つである。蓬生巻では、尼君の代わりに、その役割を果たす乳母がかつていたことが語られており、またその子である侍従が零落した末摘花から離れずに仕えているのである。

『古本説話集』は鎌倉時代初期の成立とされるが、(10)『うたたね』と同時代に近い、いわゆる中世王朝物語と呼ばれる物語群にも、上記の説話のような物語が多数存在する。このような侘び住まいの女君をめぐる物語は、大槻修氏によって「はかなげな女君の悲恋の物語」と総称され、中世王朝物語にとっても繰り返し再生される、重要な流れの一つとして位置づけられている。そして、本論が論述の対象としてきた「しのびね型」物語が、同様の設定を持つ物語であったことを確認しておきたい。中でも注目すべきは、「尼」なる、女主人公の庇護者の存在である。

『石清水物語』では、「山里めきたる」木幡の里で、「ついぢところどころくづれ(17)」た家に、養母の尼君と住む姫君が、摂関家の貴公子に発見される。そして、尼君の死後、関白邸に引き取られた姫君は入内する。『しのびね』でも、嵯峨野の「したたかならずあさはかなる住まひ(11)」で、やはり尼君と暮らす姫君が、内大臣の子息に見いだされ、後に入内する。さらに、『葎の宿』でも、主人公の女君は、侍女侍従の母である「大原の尼」のもとに身を寄せるという挿話が散逸部分にあったことが判明している。また、『住吉物語』は題名が端的に物語るように、住吉の地での出来事が作品にとって重要な意味を持っている。住吉とは、故母宮の乳母であった尼君が住むところであり、その住居は「茅に板庇、さすがに所々住み荒らした」と形容される。『住吉』の現存本については、鎌倉時代の成立とするのが通説であり、また多数の異本を抱えることで知られるが、基本的な話の展開に大きな差は見られない。『住吉』は有名な継子譚であり、「しのびね型」ではないが、両者の関連性の強さについては、第二章でも論じた通りである。

物語世界の中で、荒廃した住居とは、世間から取り残された女性の住まう場所であり、それは有力な後見人の不在を意味する。そして、寄る辺のない彼女を大事にかしずくのは、多くの場合年老いた乳母であり、尼である。そして、ある日、貴公子が現れ、彼女をその境遇から救い出す。有力な後見人の登場によって、微力な後見人は役目を果たし姿を消す。細部の異同は勿論あるものの、このような類型的な筋書きの物語が、『うたたね』の同時代に再生産され続けていたのである。ことに、『石清水物語』や『しのびね』などの、いわゆる「しのびね型」物語では、入内という女君のさらなる栄華を達成する為に、当初の救出者である貴公子が出家遁世してしまうという変型を見せるが、女君側からすれば基本的な話の枠組みに変化はない。

『うたたね』の語り手は、女を囲繞するそのような物語の枠組みに対してどのように反応しているのか。物語的な恋愛に陶酔する自己像の提示と、それを語りの現在から差異化して語るのが作品前半の語り手の態度であったが、そのような語りの姿勢は作品後半の紀行部ではすっかり影を潜めてしまう。しかし、そのような姿勢の変化は、語り手が物語から完全に解放されたことを意味しているのではない。作中現在を生きる阿仏による新たな物語との関わりを、同化的に語っていると考えられる。物語世界への失望に端を発する遠江への旅は、再び阿仏を荒廃した自分の邸宅へ帰還させることで閉じられるのだが、それは物語的な自己像の単純な再構築では決してない。ここで重要な意味を持つと考えられるのが、阿仏の乳母の存在なのである。

遠江への旅は、乳母からの、「はかなくも見捨てられて、心細かりつる思ひに病になりて、限りになりたる由を、鳥の跡のやうに書き続け（175）」た手紙に接して、あっさりと中断される。

暮れ果つる程に行き着きたれば、思ひなしにや、ここもかしこも猶荒れまさりたる心地して、所々漏り濡れたるさまなど、何に心留まるべくもあらぬを見やるも、いと離れま憂きあばら屋の軒ならんと、そぞろに見るもあはれなり。老人はうち見えて、こよなく怠りざまに見ゆるも、憂き身を誰ばかりかうまで慕はむと、あはれも浅からず。（177）

そして、乳母との再会を語る結末部であるが、乳母は阿仏と接するや否や、たちまちに病が快方に向かってしまう。まるで、危篤の報は、阿仏を呼び返す為の口実に過ぎなかったかのようであり、結果として、作品の最後に印象付けられるのは、「あばら屋」に肩を寄せ合い暮らす二人の女の姿である。

物語と自己とを差異化する語り手の自己語りが、ここにおいて唐突に終結するのは、その語りがもはや語る動機を持ち合わせていないことを意味していると考えられる。物語世界においては、女の後見人から引き離されることによって栄華を得ることが、荒廃した邸宅に住む女のたどる常套的な軌跡であった。それに対して、『うたたね』は、阿仏が乳母のもとに敢えて帰ることによって閉じられる。物語的な道具立てを共有しつつも、その径庭は極めて大きい。巻末述懐部の「なり行かん果いかが」という表現は、既に述べたように語り手から読者に向けて投げかけられたものである。以上のような、作品の到達点を考えるならば、語られたことのない二人の女の「なり行かん果」という共棲の姿へと、語り手は読者を誘っているのである。(11)

五　終わりに

引用と一口に言ってもその実態は様々である。『うたたね』という作品は、伝統的な物語世界の枠組みを利用しつつ、その世界をいわば体験的に誤読する語り手像の造形を通じて、結果的に物語的な世界とは違う「読み」の可能性を提示し得ている。基本的な枠組みを変更することなく、その物語世界の再生産に勤しむ同時代の中世王朝物語群との、引用行為における物語に対する扱いの違いは明らかであり、その独自性を評価したい。その一方で、自らの作品世界を、あくまでも物語から差異化されたものとして、つまり物語ではないものとしてしか提示し得ていないのもまた事実である。その意味で、やはりこの作品も深く伝統的な物語世界に呪縛されている。中世における、この作品の位置を確認したところで本章を終えたい。

【注】

（1）今関敏子「女流日記文学における『うたたね』の位置」（『女流日記文学講座第6巻』勉誠社、平成2年）。

（2）『蜻蛉日記』下巻の変容――夢の〈記述〉とその〈解釈〉をめぐって――」（「日本文学」昭和60年9月）。

（3）「「日記文学」に我々は何を求めているのか――讃岐典侍日記の〈読み〉をめぐって――」（「日本文学」平成8年1月）。

（4）『うたたね』の主題――「うちつけにあやにく」な心のありかた――」（「名古屋大学国語国文学」昭和61年12月）。

（5）次田香澄『うたたね　全訳注』（講談社学術文庫、昭和53年）等。

（6）前掲注（5）に同じ。

（7）『うたたね』の古典摂取の方法――巻末の述懐を読み解く――」（「国文学研究」平成6年3月）。

（8）『うたたね』に現れた恋――恋人を見る眼差しについて――」（『女流日記文学講座第6巻』勉誠社、平成2年）。

（9）今関敏子『『うたたね』の主題――物語世界の享受」（『中世女流日記文学論考』和泉書院、昭和62年）。

（10）『日本古典文学大辞典』（明治書院、平成10年）の該当項目。執筆は森正人氏。

（11）ここで注目されるのは、『我が身にたどる姫君』という中世王朝物語である。その巻六には、死後の世界である兜率天における、女帝と近習たちだけの男性不在の理想の世界が描かれる。また、妹である前斎宮についても、彼女がレズビアンであることが明記されている。その物語史における位置付けと特殊性については、辛島正雄氏「〈女の物語〉としての『我身にたどる姫君』――女帝と前斎宮と」（『中世王朝物語史論』笠間書院、平成13年）に詳しい。

結び

本書の第一章から第五章までは、中世王朝物語における「しのびね型」という話型の特質を、引用された物語の意味を限定し収束させていく一つの磁場のようなものとして論じてきた。帝は女を奪い、臣下の男を出家遁世へと追い込むものの、その犠牲的行為を代償に、帝と男の家との紐帯が改めて確認されていくというのがこの話型の基底にある世界観であり、その文法則に従うかのように、王朝の物語が引用されてゆく。繰り返し引用される王朝物語の代表は、「帝の御妻をあやまつ物語」である。引用された物語は、「しのびね型」の磁場の中で、「罪」が「罪」として機能しない物語となる。ただし、お定まりの結末へ向けて、個々の物語の示す引用をめぐる具体的な戦略は一つではない。特に第四章と第五章とではその点について留意してきた。

序章でも引用したように、今井源衛氏は中世王朝物語を「いわばしがない自慰の手段」と述べていたわけだが、現在の研究状況はそのような評価を覆すことに拘るあまり、引用論の射程を無限定に拡大し続けてきたきらいがある。しかし、文学的な評価や達成度という、それ自体客観性の疑わしい論点を棚上げにできるならば、中世王朝物語を「自慰の手段」として取りあえず認定することと、それを研究対象から除外することとは決して矛盾しないだろう。従って、個別の作品の意味や意義よりも、類型的なるものの構造こそに関心が向けられているという意味において、本書の立場は今井氏の指摘と近いところにある。「自慰」との評語は、その物語世界に描かれた表現や発想が、新しい物語世界の構築へと開かれることなく、どこまでも閉ざされていることを意味しているのだろうが、本書は「話型」という閉ざされた構造を仮設して論じることで、あえて「自慰」であることの意味自体と、「自慰」にもいろいろあるということを問題化してきたつもりである。

また、本書後半の二章では、「しのびね型」という磁場から抜け出していく可能性の一つを、女性の手になる『うたたね』という仮名日記作品を対象に論じた。「しのびね型」の女君とは、物語内の人間関係を構築する要として、構造的に過剰な役割を与えられながら、その一方で主たる叙述対象とは殆どなされない存在である。「しのびね型」とは、少なくとも語られた分量の比率から考える限り、どこまでも男たちの物語なのである。その意味で、女の一人称による日記という叙述形式には、そこからの内在的かつ体験的な書き換えの可能性が秘められているのではないかと考えている。

その意味で、本書では十分に論じることができなかったが、「しのびね型」を支える世界観との関わりから考えて、極めて興味深く視界に入ってくるのは、後深草院の女房として仕えた二条の手になる『とはずがたり』という作品である。この作品を、後深草院、亀山院、雪の曙、有明の月という四人の男によって共有される女の側からの語りとして読み直す必要があるのではないか。勿論、女流日記の可能性なるものも限定的なものであり、必ずしも物語と対立的なものとして捉えているわけではない。『とはずがたり』にしても、有明の月を中心とする悲恋遁世譚としても考え得る訳で、ジャンルやあるいは著者の性別なるものも無条件で前提とする訳にはいかない。しかし、その日記叙述からは、宮廷の秩序を女の身で媒介することの自己顕示的な恍惚と優越感が垣間見られる一方、「しのびね型」を支える世界観と同質の認識の型が確かに横たわっているのである。『とはずがたり』の成立した時代とは、中世王朝物語が終焉を迎えつつあった時代でもあるのだが、「しのびね型」的な想像力の可能性と限界とを画す作品として、『とはずがたり』をどのように位置づけ、論じるかが今後の課題となってくるだろう。

あとがき

神田龍身先生の『物語文学、その解体』を読んだのが、私と中世王朝物語との出会いだった。女装に性転換、転生や分身。ナイーブな文学オタクをそそのかすには十分すぎる先生の講義が無類に面白く、とにかく先生の頭の中身が知りたくなって手を伸ばしたその著作には、当時は鎌倉時代物語と称されていた、書名さえも聞いたことのない妖しくも奇っ怪な物語が満ちあふれていた。しかし、拙い読解力で実際に読んでみると、その物語群の殆どは、困ったことにあまり面白くなかったのである。玉石混淆というよりは石ばかりというのが、偽らざる第一印象で、しかも玉はあらかた先生が論じ尽くしており、その玉にしても、それを輝かせていたのは先生一流のカットの技術であった。真っ当に、『源氏』や『狭衣』に取り組むのが筋だろうかと思い迷いつつ、それでも『石清水物語』を対象にして拙い卒業論文を仕上げたのは、何事も斜に構えたがる生来の傾向に加えて、やはり先生への憧れが強かったせいだろう。

甘やかされた学部生時代を過ごした静岡大学から、名古屋大学の大学院に進学して驚いたのは、そこが喩えて言えばノーガードの殴り合いのような場であったことだ。当時は、近代から上代までの国文学専攻の全学生が週一回の研究発表会を合同で行っていたのだが、これがすごかった。学生特有の容赦の無さで、相手の論理の矛盾をつき、資料の不備を突いた。自分が磨かれる玉の側ではなく、むしろ石の側の人間であることに気づかされるのに時間はかからなかった。当時の指導教官は村上學先生だったが、先生はいつもニコニコと学生の発表を聞き、その笑顔のままで文字通り寸鉄人を刺す、発表者にぐうの音も出させない最後の一言を発するのが常であった。私の研究姿勢を、「アドバルーンみたい」と評されたことは今でも忘れないが、以来多少は地に近づこうという意識が生まれ、「珠玉」ならざる、「石」に属すべき作品群を論じてみたいと考えるようになった。自らの石たる所以に向き合おうと思ったのか、そこまでは思わなかったのか。いわゆる優れた作品を扱うのは止めようと思い定め、そのことによって研究の足がかりを確かなものにしようとしたのである。まわりくどい若者だったわけだ。

しかし、改めて一書をまとめて振り返ってみると、全ては神田先生に読んでいただくことを念頭に置いた論述であることに気づかされる。あえて異なったアプローチをしてきたつもりだが、所詮はお釈迦様の手の上であるようだ。その他、逐一名前を挙げることはできないが、大勢の諸先生、諸先輩から数多くの学恩を賜ったことは申し上げるまでもない。ありがたいことである。また、本書の出版をお引き受けいただいたひつじ書房の松本功社長、並びに編集の森脇尊志氏にあつくお礼申し上げる。

２０１０年１月　中島泰貴

❁初出一覧　（ただし、本書をまとめるにあたって全面的に加筆・修正した。）

序　章　中世王朝物語における引用と話型（書き下ろし）

第一章　『隆房集』と悲恋遁世譚――物語文学史への一視点――
「国語と国文学」78巻2号、平成13年2月

第二章　『葎の宿』題号考「岐阜工業高等専門学校紀要」37号、平成14年3月

第三章　「しのびね型」試論「名古屋大学国語国文学」93号、平成15年12月

第四章　王朝憧憬と悲恋遁世譚――『石清水物語』の引用と話型――
「日本文学」558号、平成11年12月

第五章　『海人の刈藻』の引用と話型――秩序の作り方――（書き下ろし）

第六章　物語引用と回想表現――『うたたね』における作り物語引用の位相――
「名古屋大学国語国文学」82号、平成10年7月

第七章　「成り行かん果」への眼差し――『うたたね』における語り手と物語――
「名古屋大学国語国文学」84号、平成11年7月

結　び（書き下ろし）

❁ 索引

あ

か

さ

著者紹介

中島泰貴（なかじま　やすたか）

〈略歴〉
昭和四十七年、東京都生まれ。
名古屋大学大学院博士後期課程修了。博士（文学）。
現職：国立岐阜工業高等専門学校　准教授

ひつじ研究叢書〈文学編〉2

中世王朝物語の引用と話型

発行……二〇一〇年二月十五日　初版一刷
定価……五、八〇〇円＋税
著者……©中島泰貴
発行者……松本功
デザイン・組版……向井裕一（glyph）
印刷・製本所……シナノ
発行所……株式会社ひつじ書房
〒一一二-〇〇一一
東京都文京区千石二-一-二　大和ビル二階
Tel.03-5319-4916　Fax.03-5319-4917
郵便振替　00120-8-142852
toiawase@hituzi.co.jp　http://www.hituzi.co.jp

ISBN978-4-89476-459-0